TOME 1 **TERRA INCOGNITA**

Les Naufragés d'Ythaq

Scénario de **Christophe ARLESTON**
Dessin d'**Adrien FLOCH**
Couleurs par **CRAZYTOONS**

Soleil

Des mêmes auteurs

Chez Soleil

Les Naufragés d'Ythaq
1 tome paru

De Arleston

Chez Soleil

Le Chant d'Excalibur
Dessin de Hübsch
4 tomes parus

Élixirs
Dessin de Varanda
1 tome paru

Encyclopédie Anarchique du Monde de Troy
Dessin de Tarquin
Volume prime
Dessin de Mourier
Volume second : Les Trolls
Dessin de Tarquin & Mourier
Volume tierce : Bestiaire

Les Feux d'Askell
Dessin de Mourier
3 tomes parus

Les Forêts d'Opale
Dessin de Pellet
4 tomes parus

Gnomes de Troy
Dessin de Tarquin
1 tome paru

Le Jeu d'Aventures de Lanfeust et du Monde de Troy
Collectif

Lanfeust de Troy
Dessin de Tarquin
8 tomes parus

Lanfeust des Étoiles
Dessin de Tarquin
4 tomes parus

Léo Loden
Dessin de Carrère
15 tomes parus

Les Maîtres Cartographes
Dessin de Glaudel
6 tomes parus

Moréa
Dessin de Labrosse
4 tomes parus

La Nouvelle Cartographie Illustrée du Monde de Troy
Dessin de Tarquin

Trolls de Troy
Dessin de Mourier
8 tomes parus

D'Adrien Floch

Chez Soleil

Slhoka
Scénario de Godderidge
3 tomes parus

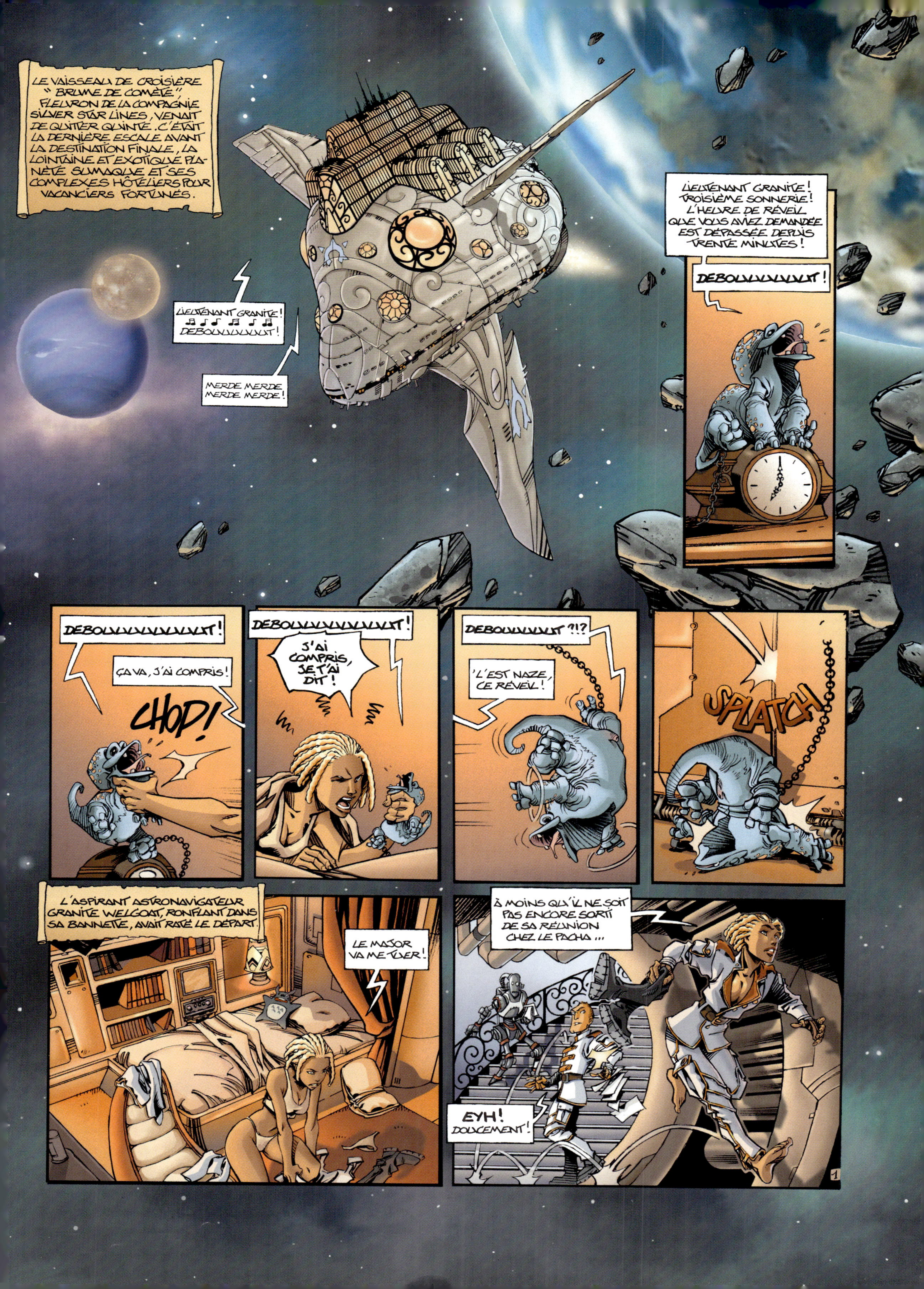
LE VAISSEAU DE CROISIÈRE "BRUME DE COMÈTE", FLEURON DE LA COMPAGNIE SILVER STAR LINES, VENAIT DE QUITTER QUINTE. C'ÉTAIT LA DERNIÈRE ESCALE AVANT LA DESTINATION FINALE, LA LOINTAINE ET EXOTIQUE PLANÈTE SUMAQUE ET SES COMPLEXES HÔTELIERS POUR VACANCIERS FORTUNÉS.
LIEUTENANT GRANITE! ♫ ♩ ♩ ♫ ♩ ♫ DEBOUUUUUUUT!
MERDE MERDE MERDE MERDE!
LIEUTENANT GRANITE! TROISIÈME SONNERIE! L'HEURE DE RÉVEIL QUE VOUS AVEZ DEMANDÉE EST DÉPASSÉE DEPUIS TRENTE MINUTES!
DEBOUUUUUUUT!
DEBOUUUUUUUUUUT!
ÇA VA, J'AI COMPRIS!
CHOP!
DEBOUUUUUUUUUT!
J'AI COMPRIS, JE T'AI DIT!
DEBOUUUUUUT?!?
C'EST NAZE, CE RÉVEIL!
SPLATCH
L'ASPIRANT ASTRONAVIGATEUR GRANITE WELGOAT, RONFLANT DANS SA BANNETTE, AVAIT RATÉ LE DÉPART.
LE MAJOR VA ME TUER!
À MOINS QU'IL NE SOIT PAS ENCORE SORTI DE SA RÉUNION CHEZ LE PACHA...
EYH! DOUCEMENT!

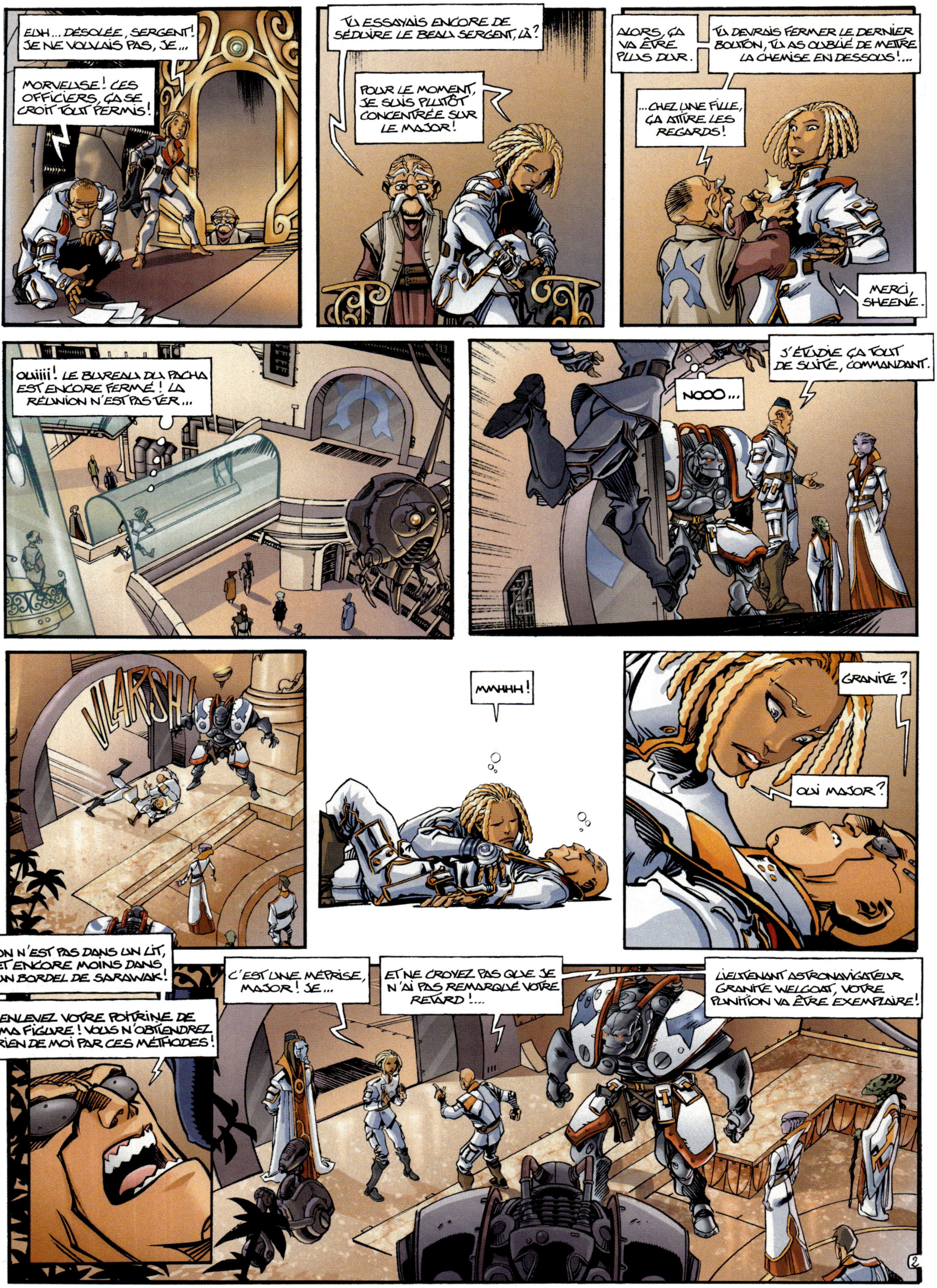
EUH... DÉSOLÉE, SERGENT! JE NE VOULAIS PAS, JE...
MORVEUSE! CES OFFICIERS, ÇA SE CROIT TOUT PERMIS!
TU ESSAYAIS ENCORE DE SÉDUIRE LE BEAU SERGENT, LÀ?
POUR LE MOMENT, JE SUIS PLUTÔT CONCENTRÉE SUR LE MAJOR!
ALORS, ÇA VA ÊTRE PLUS DUR.
TU DEVRAIS FERMER LE DERNIER BOUTON, TU AS OUBLIÉ DE METTRE LA CHEMISE EN DESSOUS!...
...CHEZ UNE FILLE, ÇA ATTIRE LES REGARDS!
MERCI, SHEENE.
OUIIII! LE BUREAU DU PACHA EST ENCORE FERMÉ! LA RÉUNION N'EST PAS TER...
NOOO...
J'ÉTUDIE ÇA TOUT DE SUITE, COMMANDANT.
VLARSH!
MMHHH!
GRANITE?
OUI MAJOR?
ON N'EST PAS DANS UN LIT, ET ENCORE MOINS DANS UN BORDEL DE SARAWAK!
ENLEVEZ VOTRE POITRINE DE MA FIGURE! VOUS N'OBTIENDREZ RIEN DE MOI PAR CES MÉTHODES!
C'EST UNE MÉPRISE, MAJOR! JE...
ET NE CROYEZ PAS QUE JE N'AI PAS REMARQUÉ VOTRE RETARD!...
LIEUTENANT ASTRONAVIGATEUR GRANITE WELGOAT, VOTRE PUNITION VA ÊTRE EXEMPLAIRE!
2

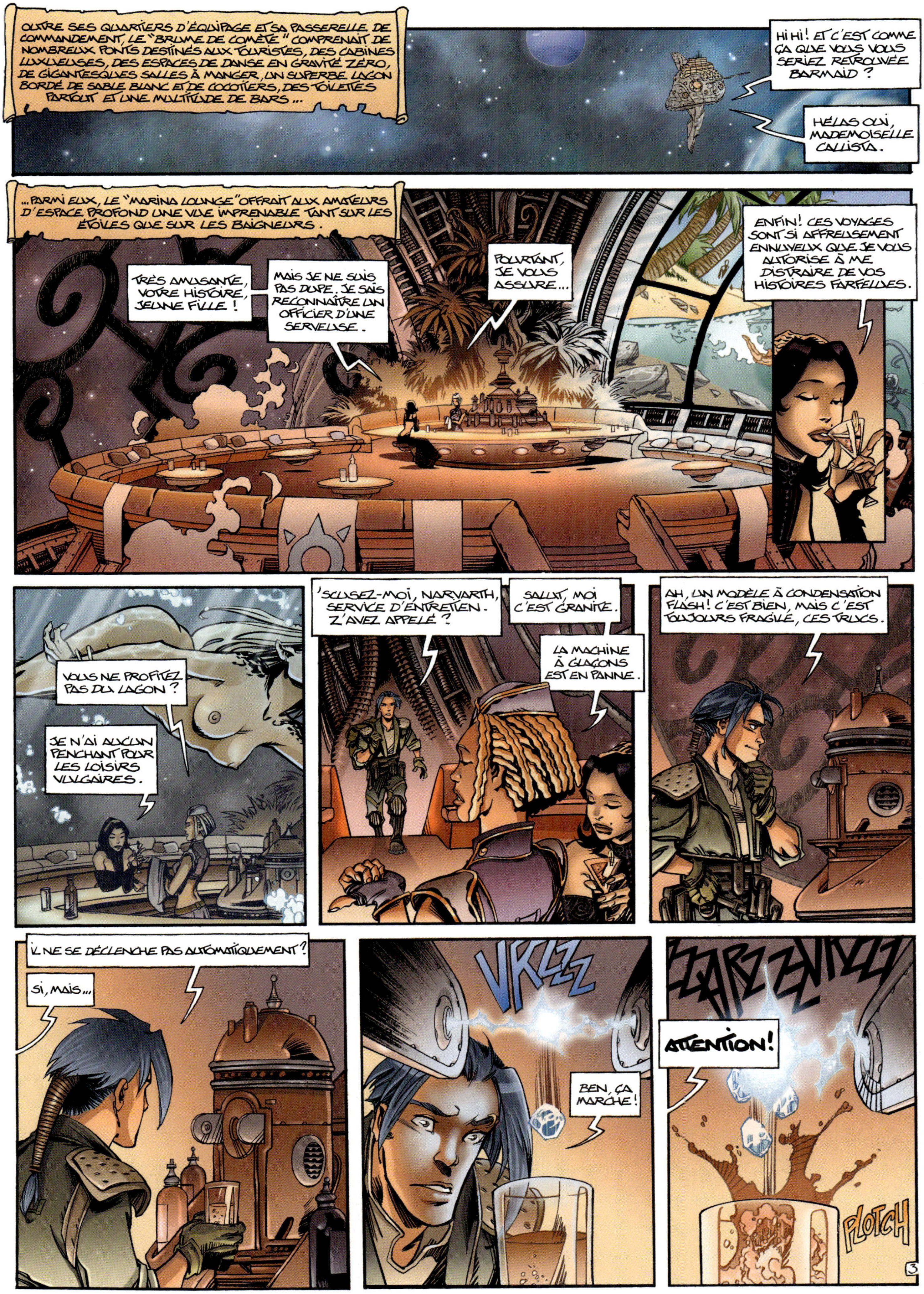

OUTRE SES QUARTIERS D'ÉQUIPAGE ET SA PASSERELLE DE COMMANDEMENT, LE "BRUME DE COMÈTE" COMPRENAIT DE NOMBREUX PONTS DESTINÉS AUX TOURISTES, DES CABINES LUXUEUSES, DES ESPACES DE DANSE EN GRAVITÉ ZÉRO, DE GIGANTESQUES SALLES À MANGER, UN SUPERBE LAGON BORDÉ DE SABLE BLANC ET DE COCOTIERS, DES TOILETTES PARTOUT ET UNE MULTITUDE DE BARS...
HI HI! ET C'EST COMME ÇA QUE VOUS VOUS SERIEZ RETROUVÉE BARMAID ?
HÉLAS OUI, MADEMOISELLE CALLISTA.
...PARMI EUX, LE "MARINA LOUNGE" OFFRAIT AUX AMATEURS D'ESPACE PROFOND UNE VUE IMPRENABLE TANT SUR LES ÉTOILES QUE SUR LES BAIGNEURS.
TRÈS AMUSANTE, VOTRE HISTOIRE, JEUNE FILLE !
MAIS JE NE SUIS PAS DUPE. JE SAIS RECONNAÎTRE UN OFFICIER D'UNE SERVEUSE.
POURTANT, JE VOUS ASSURE...
ENFIN! CES VOYAGES SONT SI AFFREUSEMENT ENNUYEUX QUE JE VOUS AUTORISE À ME DISTRAIRE DE VOS HISTOIRES FARFELUES.
VOUS NE PROFITEZ PAS DU LAGON ?
JE N'AI AUCUN PENCHANT POUR LES LOISIRS VULGAIRES.
'SCUSEZ-MOI, NARVARTH, SERVICE D'ENTRETIEN. Z'AVEZ APPELÉ ?
SALUT, MOI C'EST GRANITE.
LA MACHINE À GLAÇONS EST EN PANNE.
AH, UN MODÈLE À CONDENSATION FLASH ! C'EST BIEN, MAIS C'EST TOUJOURS FRAGILE, CES TRUCS.
IL NE SE DÉCLENCHE PAS AUTOMATIQUEMENT ?
SI, MAIS...
VKZZZ
BEN, ÇA MARCHE !
ZARZ ZWIZZ
ATTENTION !
PLOTCH
3

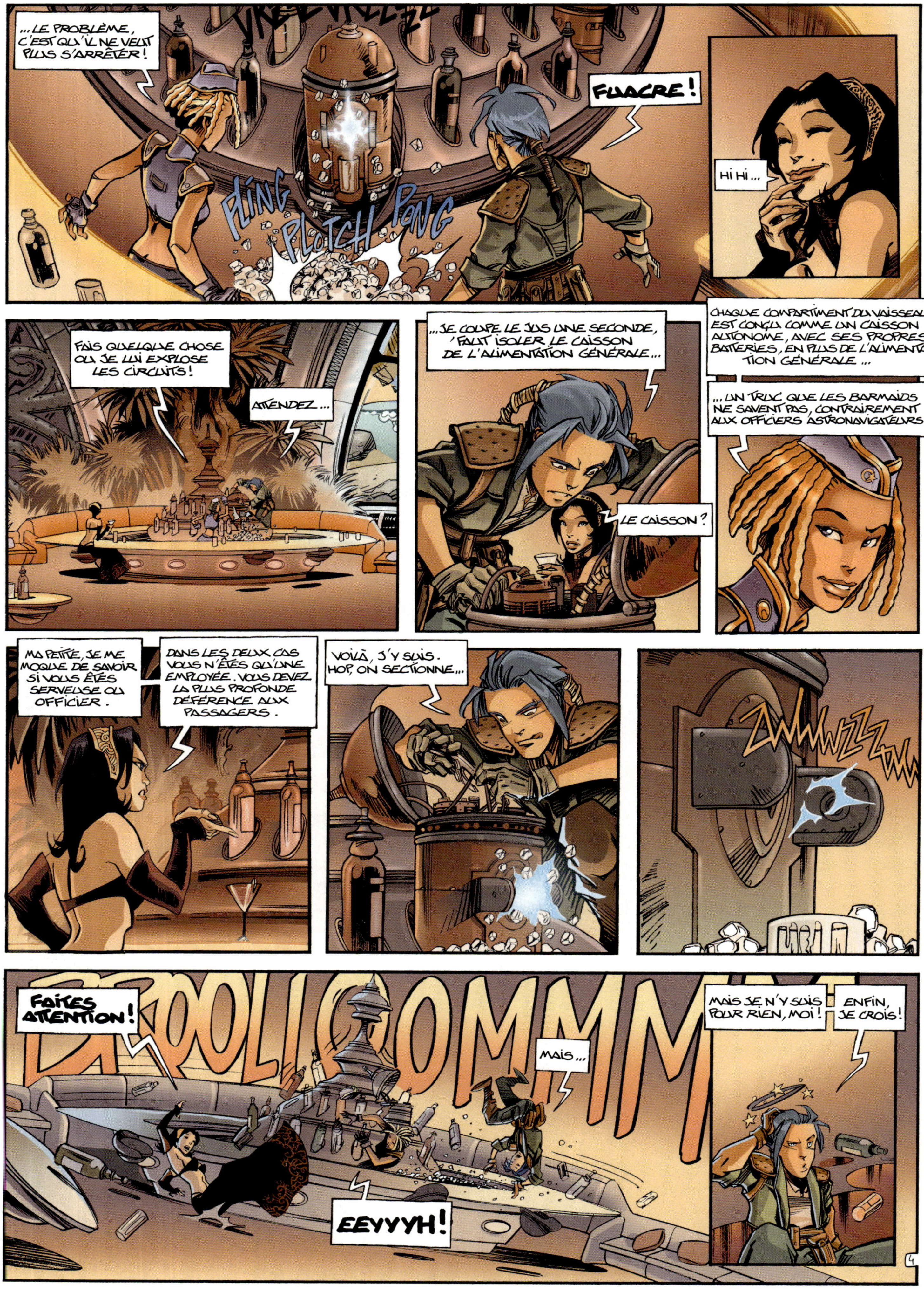

...LE PROBLÈME, C'EST QU'IL NE VEUT PLUS S'ARRÊTER !
FUACRE !
FLING
PLOTCH
PONG
HI HI...
FAIS QUELQUE CHOSE OU JE LUI EXPLOSE LES CIRCUITS !
ATTENDEZ...
...JE COUPE LE JUS UNE SECONDE, 'FAUT ISOLER LE CAISSON DE L'ALIMENTATION GÉNÉRALE...
LE CAISSON ?
CHAQUE COMPARTIMENT DU VAISSEAU EST CONÇU COMME UN CAISSON AUTONOME, AVEC SES PROPRES BATTERIES, EN PLUS DE L'ALIMENTATION GÉNÉRALE...
...UN TRUC QUE LES BARMAIDS NE SAVENT PAS, CONTRAIREMENT AUX OFFICIERS ASTRONAVIGATEURS.
MA PETITE, JE ME MOQUE DE SAVOIR SI VOUS ÊTES SERVEUSE OU OFFICIER.
DANS LES DEUX CAS VOUS N'ÊTES QU'UNE EMPLOYÉE. VOUS DEVEZ LA PLUS PROFONDE DÉFÉRENCE AUX PASSAGERS.
VOILÀ, J'Y SUIS. HOP, ON SECTIONNE...
ZWWWZZZWW
BROOLIOOMMM
FAITES ATTENTION !
MAIS...
EEYYYH !
MAIS JE N'Y SUIS POUR RIEN, MOI !
ENFIN, JE CROIS !

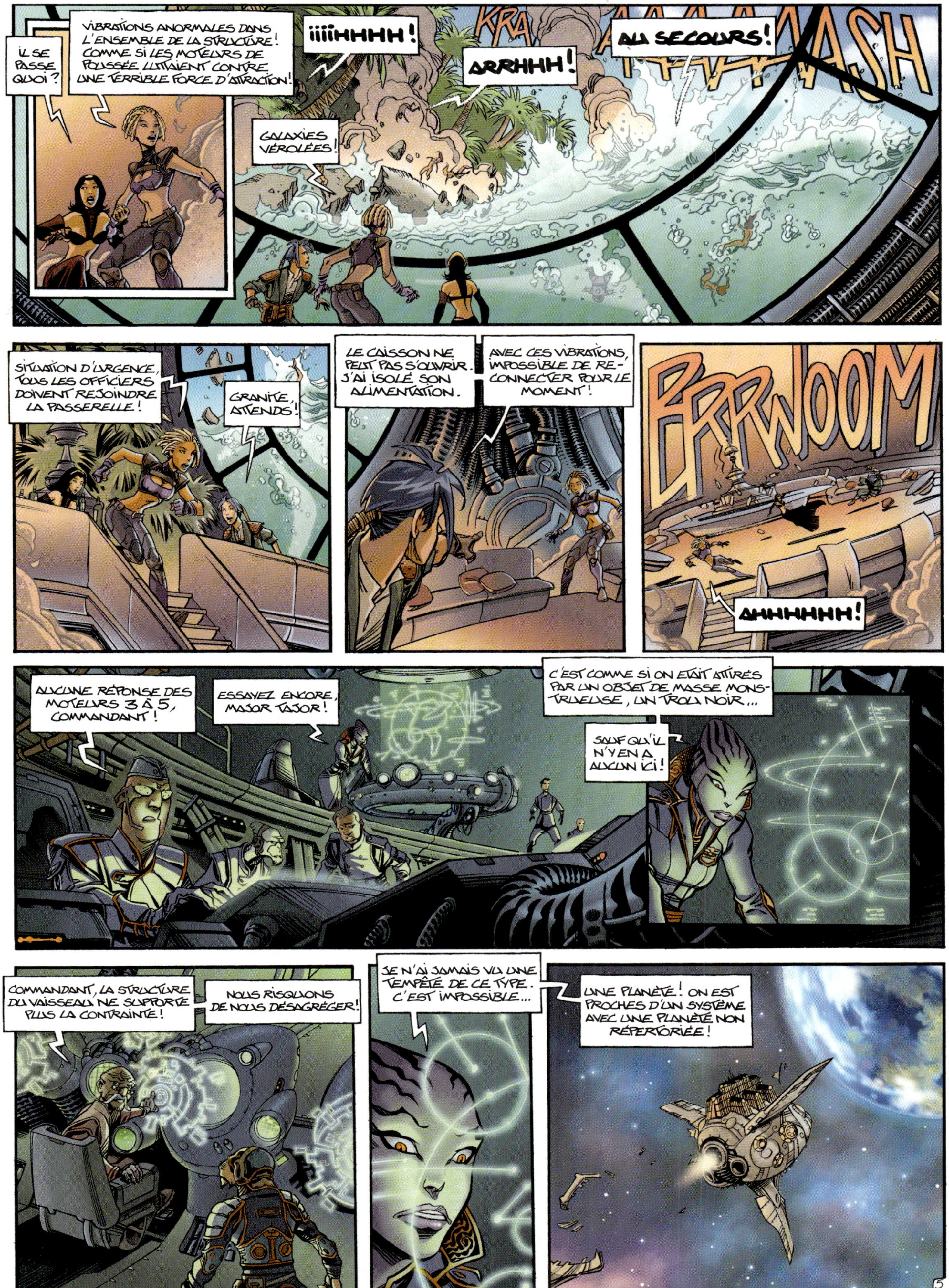
IL SE PASSE QUOI ?
VIBRATIONS ANORMALES DANS L'ENSEMBLE DE LA STRUCTURE ! COMME SI LES MOTEURS DE POUSSÉE LUTTAIENT CONTRE UNE TERRIBLE FORCE D'ATTRACTION !
iiiiHHHH !
KRAAAAAAASH
AU SECOURS !
ARRHHH !
GALAXIES VÉROLÉES !
SITUATION D'URGENCE, TOUS LES OFFICIERS DOIVENT REJOINDRE LA PASSERELLE !
GRANITE, ATTENDS !
LE CAISSON NE PEUT PAS S'OUVRIR. J'AI ISOLÉ SON ALIMENTATION.
AVEC CES VIBRATIONS, IMPOSSIBLE DE RE-CONNECTER POUR LE MOMENT !
BRRWOOM
AHHHHHH !
AUCUNE RÉPONSE DES MOTEURS 3 À 5, COMMANDANT !
ESSAYEZ ENCORE, MAJOR TAJOR !
C'EST COMME SI ON ÉTAIT ATTIRÉS PAR UN OBJET DE MASSE MONS-TRUEUSE, UN TROU NOIR...
SAUF QU'IL N'Y EN A AUCUN ICI !
COMMANDANT, LA STRUCTURE DU VAISSEAU NE SUPPORTE PLUS LA CONTRAINTE !
NOUS RISQUONS DE NOUS DÉSAGRÉGER !
JE N'AI JAMAIS VU UNE TEMPÊTE DE CE TYPE. C'EST IMPOSSIBLE...
UNE PLANÈTE ! ON EST PROCHES D'UN SYSTÈME AVEC UNE PLANÈTE NON RÉPERTORIÉE !
5

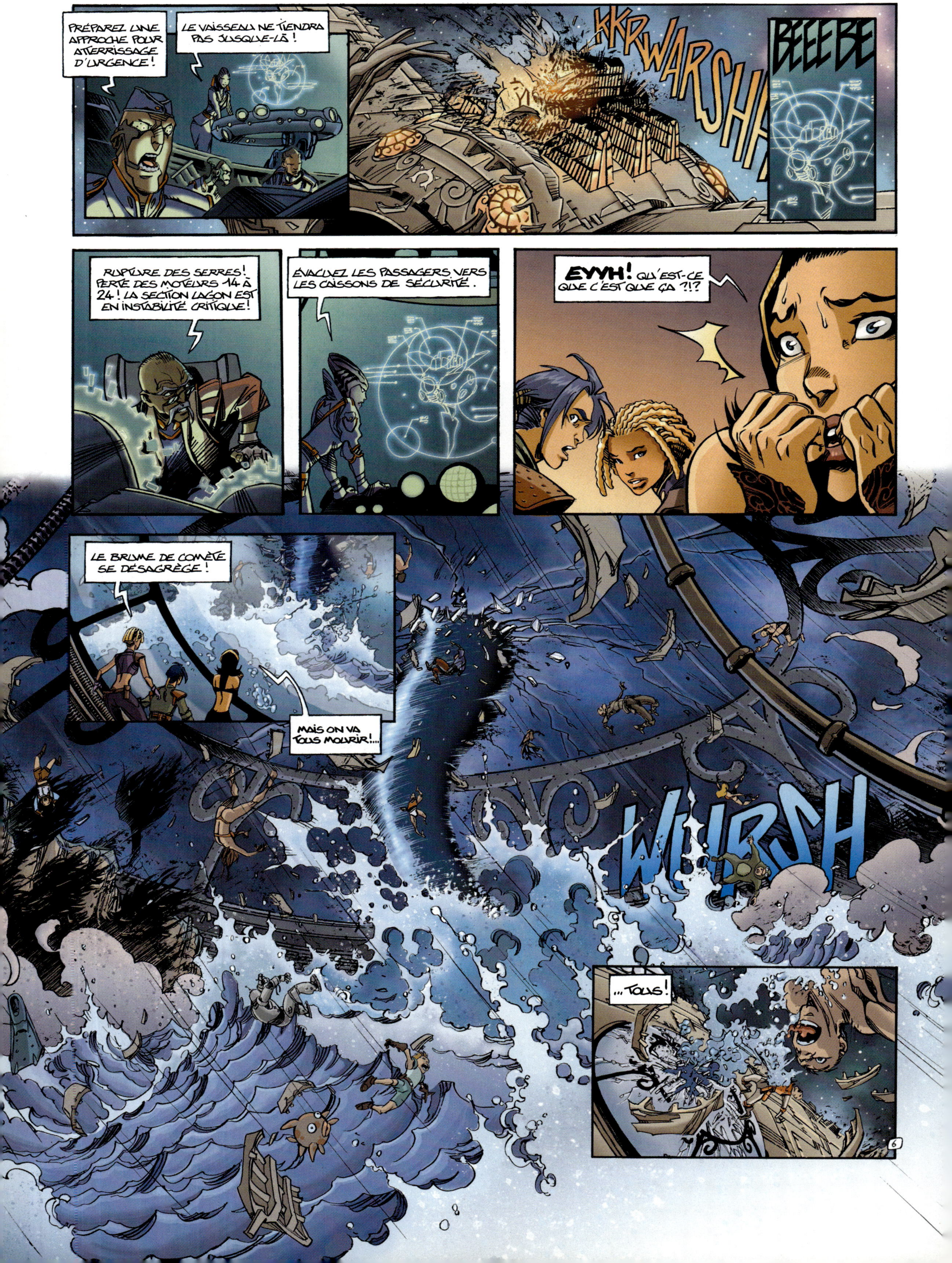
PRÉPAREZ UNE APPROCHE POUR ATTERRISSAGE D'URGENCE !
LE VAISSEAU NE TIENDRA PAS JUSQUE-LÀ !
KKRWARSHH
BEEEBE
RUPTURE DES SERRES ! PERTE DES MOTEURS 14 À 24 ! LA SECTION LAGON EST EN INSTABILITÉ CRITIQUE !
ÉVACUEZ LES PASSAGERS VERS LES CAISSONS DE SÉCURITÉ.
EYYH ! QU'EST-CE QUE C'EST QUE ÇA ?!?
LE BRUME DE COMÈTE SE DÉSAGRÈGE !
MAIS ON VA TOUS MOURIR !...
WHRSH
... TOUS !

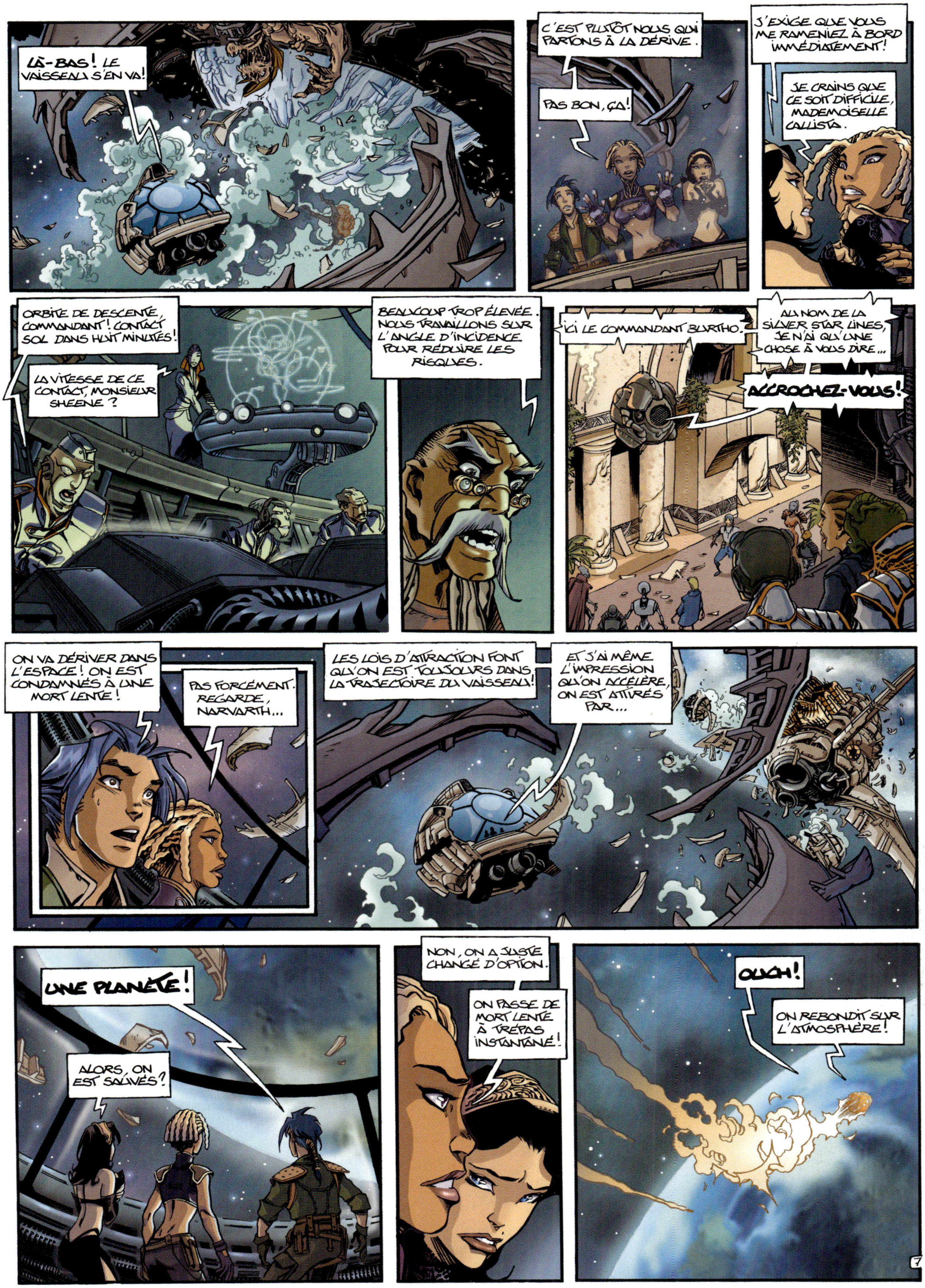
LÀ-BAS ! LE VAISSEAU S'EN VA !
C'EST PLUTÔT NOUS QUI PARTONS À LA DÉRIVE.
PAS BON, ÇA !
J'EXIGE QUE VOUS ME RAMENIEZ À BORD IMMÉDIATEMENT !
JE CRAINS QUE CE SOIT DIFFICILE, MADEMOISELLE CALLISTA.
ORBITE DE DESCENTE, COMMANDANT ! CONTACT SOL DANS HUIT MINUTES !
LA VITESSE DE CE CONTACT, MONSIEUR SHEENE ?
BEAUCOUP TROP ÉLEVÉE. NOUS TRAVAILLONS SUR L'ANGLE D'INCIDENCE POUR RÉDUIRE LES RISQUES.
ICI LE COMMANDANT BURTHO.
AU NOM DE LA SILVER STAR LINES, JE N'AI QU'UNE CHOSE À VOUS DIRE...
ACCROCHEZ-VOUS !
ON VA DÉRIVER DANS L'ESPACE ! ON EST CONDAMNÉS À UNE MORT LENTE !
PAS FORCÉMENT. REGARDE, NARVARTH...
LES LOIS D'ATTRACTION FONT QU'ON EST TOUJOURS DANS LA TRAJECTOIRE DU VAISSEAU !
ET J'AI MÊME L'IMPRESSION QU'ON ACCÉLÈRE, ON EST ATTIRÉS PAR...
UNE PLANÈTE !
ALORS, ON EST SAUVÉS ?
NON, ON A JUSTE CHANGÉ D'OPTION.
ON PASSE DE MORT LENTE À TRÉPAS INSTANTANÉ !
OUCH !
ON REBONDIT SUR L'ATMOSPHÈRE !
7

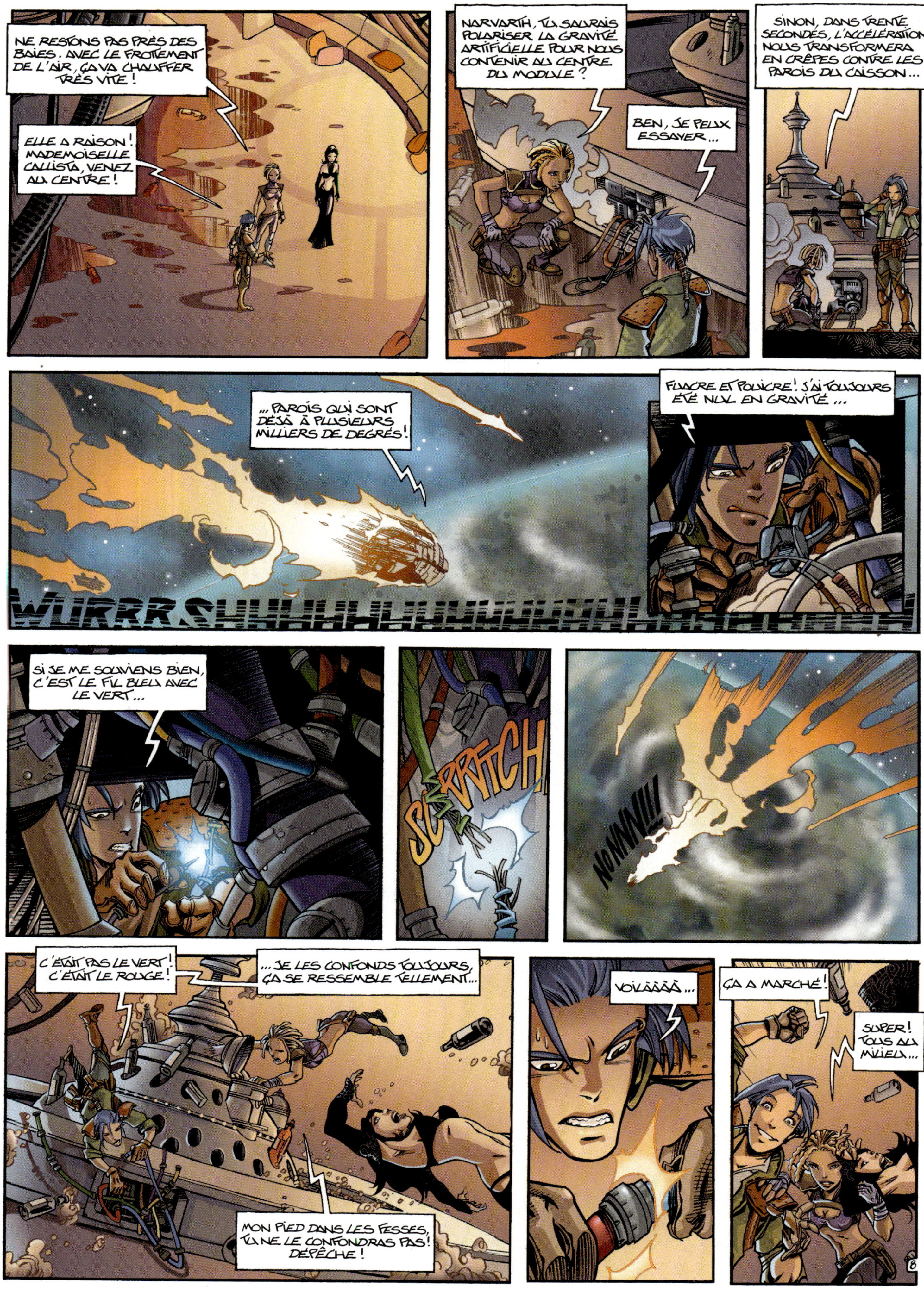

NE RESTONS PAS PRÈS DES BAIES. AVEC LE FROTTEMENT DE L'AIR, ÇA VA CHAUFFER TRÈS VITE !
ELLE A RAISON ! MADEMOISELLE CALLISTA, VENEZ AU CENTRE !
NARVARTH, TU SAURAIS POLARISER LA GRAVITÉ ARTIFICIELLE POUR NOUS CONTENIR AU CENTRE DU MODULE ?
BEN, JE PEUX ESSAYER...
SINON, DANS TRENTE SECONDES, L'ACCÉLÉRATION NOUS TRANSFORMERA EN CRÊPES CONTRE LES PAROIS DU CAISSON...
... PAROIS QUI SONT DÉJÀ À PLUSIEURS MILLIERS DE DEGRÉS !
WURRRSHHHHHHHHHHHHHHHH
FUACRE ET POLIICRE ! J'AI TOUJOURS ÉTÉ NUL EN GRAVITÉ...
SI JE ME SOUVIENS BIEN, C'EST LE FIL BLEU AVEC LE VERT...
SCRRTCH !
NOOON !!!
C'ÉTAIT PAS LE VERT ! C'ÉTAIT LE ROUGE !
... JE LES CONFONDS TOUJOURS, ÇA SE RESSEMBLE TELLEMENT...
MON PIED DANS LES FESSES, TU NE LE CONFONDRAS PAS ! DÉPÊCHE !
VOILÀÀÀÀ...
ÇA A MARCHÉ !
SUPER ! TOUS AU MILIEU...

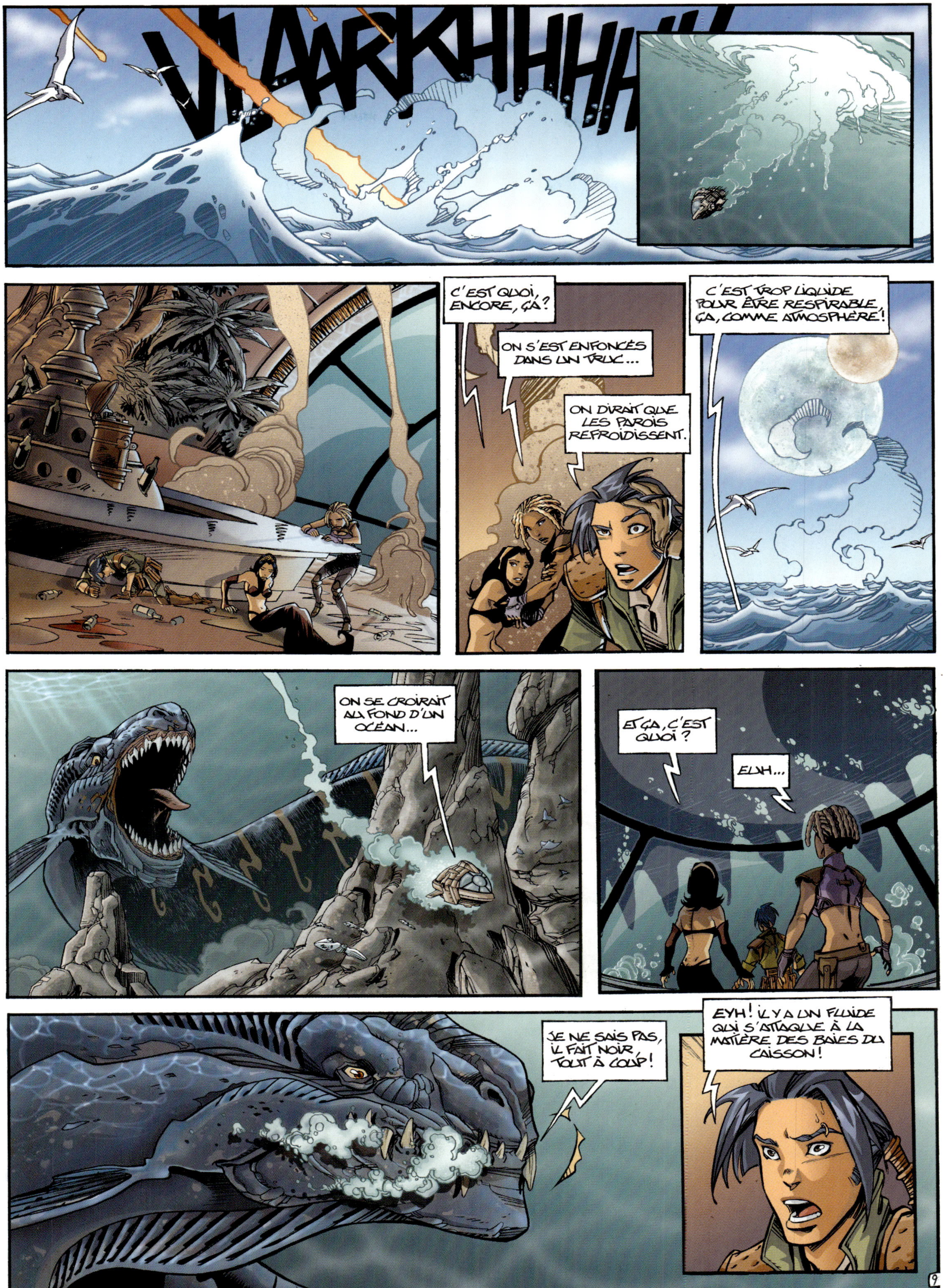
VLAARKHHHH
C'EST QUOI, ENCORE, ÇA ?
ON S'EST ENFONCÉS DANS UN TRUC...
ON DIRAIT QUE LES PAROIS REFROIDISSENT.
C'EST TROP LIQUIDE POUR ÊTRE RESPIRABLE, ÇA, COMME ATMOSPHÈRE !
ON SE CROIRAIT AU FOND D'UN OCÉAN...
ET ÇA, C'EST QUOI ?
EUH...
JE NE SAIS PAS, IL FAIT NOIR, TOUT À COUP !
EYH ! IL Y A UN FLUIDE QUI S'ATTAQUE À LA MATIÈRE DES BAIES DU CAISSON !

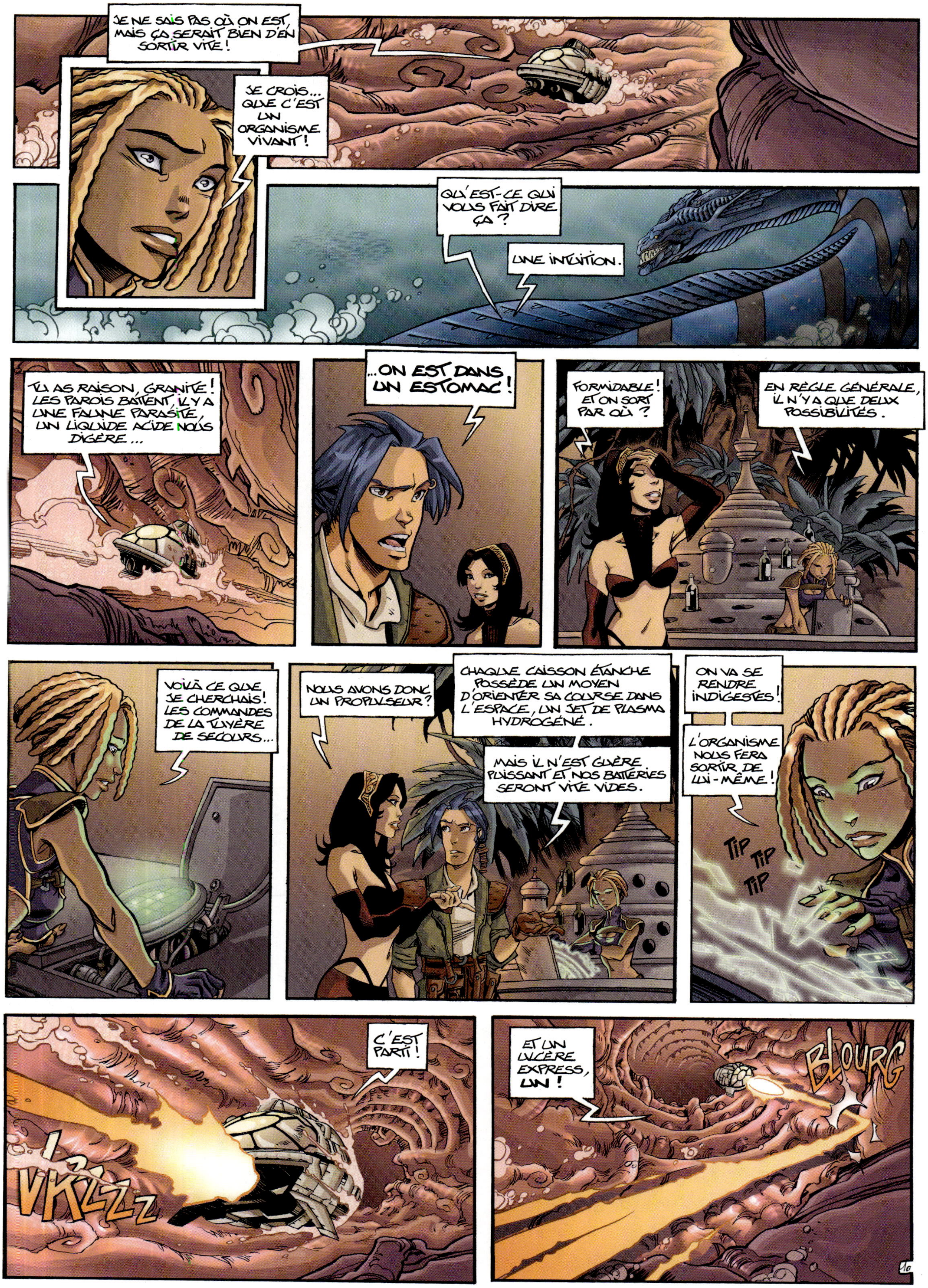
JE NE SAIS PAS OÙ ON EST, MAIS ÇA SERAIT BIEN D'EN SORTIR VITE !
JE CROIS... QUE C'EST UN ORGANISME VIVANT !
QU'EST-CE QUI VOUS FAIT DIRE ÇA ?
UNE INTUITION.
TU AS RAISON, GRANITE ! LES PAROIS BATTENT, IL Y A UNE FAUNE PARASITE, UN LIQUIDE ACIDE NOUS DIGÈRE...
...ON EST DANS UN ESTOMAC !
FORMIDABLE ! ET ON SORT PAR OÙ ?
EN RÈGLE GÉNÉRALE, IL N'Y A QUE DEUX POSSIBILITÉS.
VOILÀ CE QUE JE CHERCHAIS ! LES COMMANDES DE LA TUYÈRE DE SECOURS...
NOUS AVONS DONC UN PROPULSEUR ?
CHAQUE CAISSON ÉTANCHE POSSÈDE UN MOYEN D'ORIENTER SA COURSE DANS L'ESPACE, UN JET DE PLASMA HYDROGÉNÉ.
MAIS IL N'EST GUÈRE PUISSANT ET NOS BATTERIES SERONT VITE VIDES.
ON VA SE RENDRE INDIGESTES !
L'ORGANISME NOUS FERA SORTIR DE LUI-MÊME !
TIP TIP TIP
C'EST PARTI !
VKZZZZ
ET UN ULCÈRE EXPRESS, UN !
BLOURG

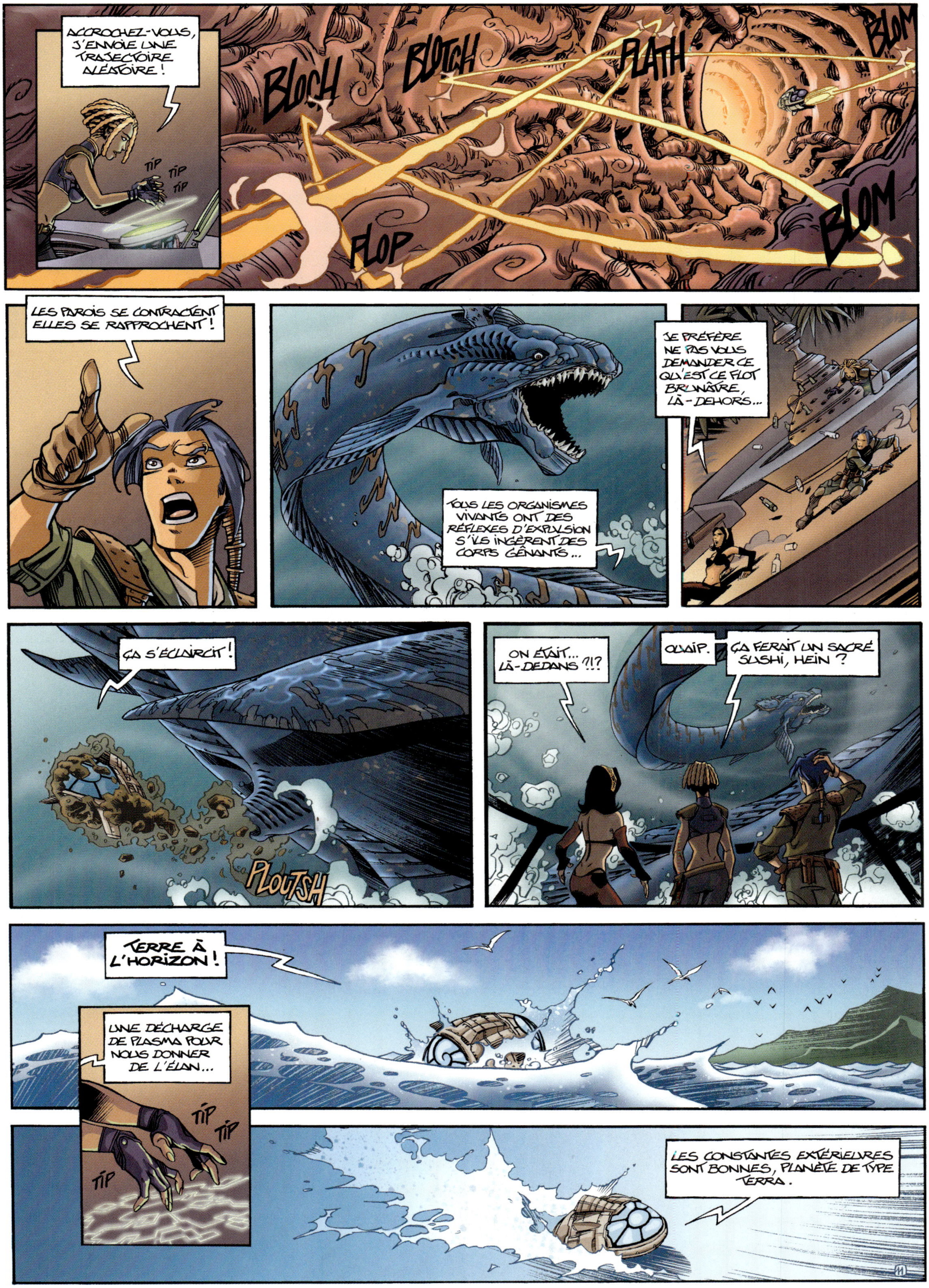
ACCROCHEZ-VOUS, J'ENVOIE UNE TRAJECTOIRE ALÉATOIRE !
TIP TIP TIP
BLOCH
BLOTCH
FLATH
BLOM
BLOM
FLOP
LES PAROIS SE CONTRACTENT ELLES SE RAPPROCHENT !
TOUS LES ORGANISMES VIVANTS ONT DES RÉFLEXES D'EXPULSION S'ILS INGÈRENT DES CORPS GÊNANTS...
JE PRÉFÈRE NE PAS VOUS DEMANDER CE QU'EST CE FLOT BRUNÂTRE, LÀ-DEHORS...
ÇA S'ÉCLAIRCIT !
PLOUTSH
ON ÉTAIT... LÀ-DEDANS ?!?
OUAIP.
ÇA FERAIT UN SACRÉ SUSHI, HEIN ?
TERRE À L'HORIZON !
UNE DÉCHARGE DE PLASMA POUR NOUS DONNER DE L'ÉLAN...
TIP TIP TIP
LES CONSTANTES EXTÉRIEURES SONT BONNES, PLANÈTE DE TYPE TERRA.

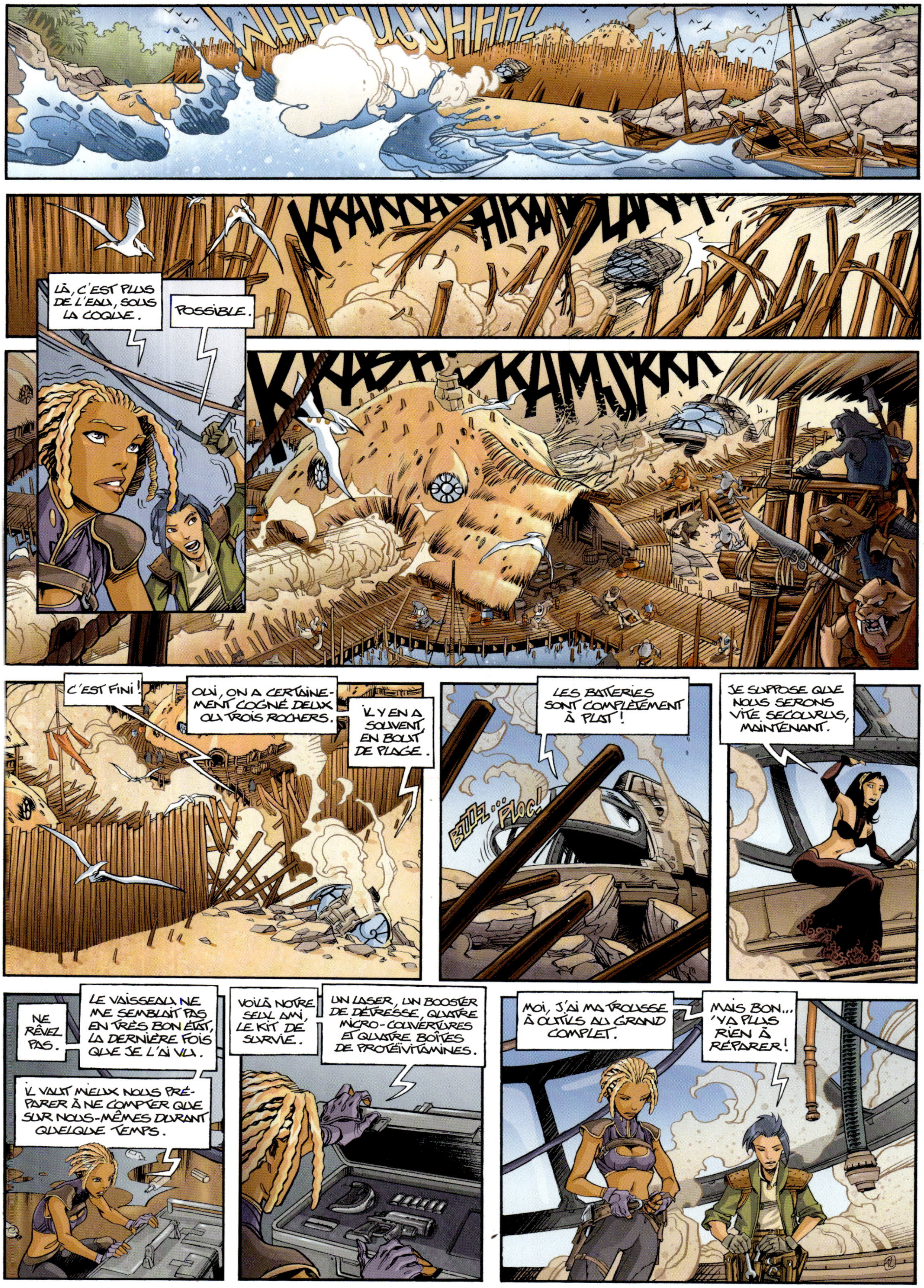
WHHHOUSHHH!
KRAKRASHRAMSLAMM
LÀ, C'EST PLUS DE L'EAU, SOUS LA COQUE.
POSSIBLE.
KRABAKRAMSKRRR
C'EST FINI !
OUI, ON A CERTAINEMENT COGNÉ DEUX OU TROIS ROCHERS.
IL Y EN A SOUVENT, EN BOUT DE PLAGE.
LES BATTERIES SONT COMPLÈTEMENT À PLAT !
BZZOZ... FLOC!
JE SUPPOSE QUE NOUS SERONS VITE SECOURUS, MAINTENANT.
NE RÊVEZ PAS.
LE VAISSEAU NE ME SEMBLAIT PAS EN TRÈS BON ÉTAT, LA DERNIÈRE FOIS QUE JE L'AI VU.
IL VAUT MIEUX NOUS PRÉPARER À NE COMPTER QUE SUR NOUS-MÊMES DURANT QUELQUE TEMPS.
VOILÀ NOTRE SEUL AMI, LE KIT DE SURVIE.
UN LASER, UN BOOSTER DE DÉTRESSE, QUATRE MICRO-COUVERTURES ET QUATRE BOÎTES DE PROTÉIVITAMINES.
MOI, J'AI MA TROUSSE À OUTILS AU GRAND COMPLET.
MAIS BON... Y'A PLUS RIEN À RÉPARER !

C'EST QUOI CE BRUIT, DEHORS ? ON DIRAIT DES CRIS !
JE N'ENTENDS RIEN.
JE VAIS JETER UN ŒIL.
NOUS AVONS QUAND MÊME, EUH... TOUT ÇA, CE CAISSON !
AVEC DES BATTERIES VIDES, IL NE SERT PLUS À RIEN.
TOUT CE QU'ON PEUT RÉCUPÉRER LÀ-DEDANS, C'EST LES OLIVES, LE MARTINI ET LES CACAHUÈTES.
JE VOIS...
...DANS CE CAS...
...JE M'OCCUPE DU MARTINI, PRENEZ LE RESTE.
OH OH... ON DIRAIT QU'IL Y AVAIT QUELQU'UN, LÀ DERRIÈRE...
YARRHHH !
MA MAIFON !
YAABAHAAA !
À L'ATTAQUE !
REPOUFFONS-LES À LA MER !
ON NE VA PAS FE LAIFFER FAIRE !
POING
POING
POING
ÉTRIPONS FES DÉMONS VENUS DU FIEL !
DU FIEL ?
BEN...
PAIX ! AMIS !
PONK
ARH !

FOTWCH
EFTERMINONS-LES !!
BLANK
BLONK
VENGEANFE !
BLANG
GRANITE !
HALTE !
JE SUIS UNE PASSAGÈRE, ET J'AI PAYÉ LES SUPPLÉMENTS DE LA PREMIÈRE CLASSE !
VOUS DEVEZ AVANT TOUT ME PROTÉGER !
HUGNF !
ARRHHHHHH...
IL FAUT TROUVER UN MOYEN DE REFERMER LE CAISSON !
IMPOSSIBLE : RÉSERVE D'ÉNERGIE À ZÉRO...
HUNGRRRFFF ! C'EST DUR, CE TRUC !
LE VÉRIN PEUT SUPPORTER UNE PRESSION DE 666 TONNES. VOUS NE FAITES PAS LE POIDS.
EYH ! REGARDEZ !
ON DIRAIT QU'ILS NE SAVENT PAS GRIMPER !
UNGF !
FA GLIFFE !
OH, MA TÊTE !
JE VAIS L'AIDER !
OUI, RÉCUPÉREZ SON LASER ET LANCEZ-LE-MOI.

CES CHIURES D'ASTÉROÏDE VONT M'ÉCOUTER...
POUFFEZ PAS, DERRIÈRE !
'FAUT MONTER !
À L'AFFAUT !
HÉ LÀ ! ON SE CALME !
BWOM
EYH ! QUEL EST FE PRODIGE ?
VRUSHHH
PWAM
PWAM
POWM
PWOM
TRÈS BIEN.
BRAFO.
FOLI.
OÙ EN ÉTIONS-NOUS, DÉFÀ ?
À "EFTERMINONS-LES", FE CROIS.
OU "VENGEANFE"...
...FE NE FAIS PLUS.
VENGEANFE FERA PARFAIT...
VENGEANFE !
STOP !
ÉLOIGNEZ-VOUS DU CAISSON OU JE FAIS DES ÉTINCELLES DANS LE TAS !
FA F'EST PAS DU JEU !
OUI, LIMITE POLITEFFE !
15

ÉCARTEZ-FOUS !
LE JUGE MANDFOO !
MADEMOIFELLE ! LÂFEZ FETTE ARME !
POUR QUE VOUS ME MASSACRIEZ ? CERTAINEMENT PAS !
PAR LES FORFES DU VENT...
FFWW
ARRÊTEZ ÇA TOUT DE SUITE !
WUUUFFF
MAIS...
WUFF
C'EST QUOI, CE TRUC ?!? DE LA MAGIE ?
MILLE BOULONS EN CARTON !
EYYYYH !
FFWWFFF
NOOOON !
ALORS, FOUS FOULIEZ FOUS FENGER, HEIN ! FAIRE JUSTIFE FOUS-MÊMES !
ET TOI, KRURGOR ! AU LIEU DE DONNER LE BON EXFEMPLE, TU BRANDIFFAIS UNE HAFE !
BEN...
NOUS FOMMES DES BANFOOS, ET FE NOM FIGNIFIE LES JUFTES !
NOTRE DEFOIR EST DE RENDRE JUFTIFE !
FES HUMAINS COMPARAÎTRONT AU TRIBUNAL DEMAIN.
TU AFFURERAS LEUR DÉFENFE TOI-MÊME, KRURGOR !

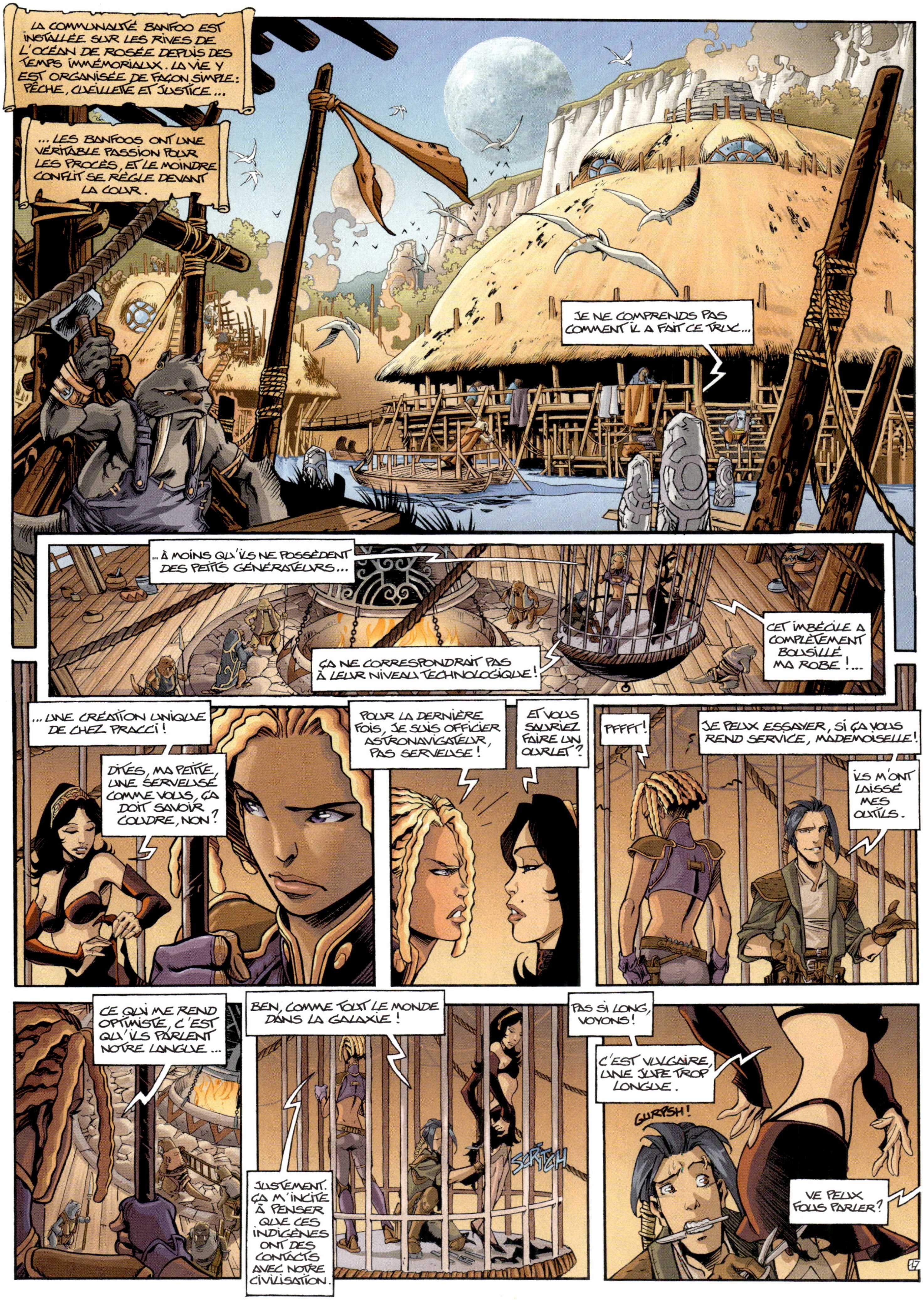
LA COMMUNAUTÉ BANFOO EST INSTALLÉE SUR LES RIVES DE L'OCÉAN DE ROSÉE DEPUIS DES TEMPS IMMÉMORIAUX. LA VIE Y EST ORGANISÉE DE FAÇON SIMPLE : PÊCHE, CUEILLETTE ET JUSTICE...
...LES BANFOOS ONT UNE VÉRITABLE PASSION POUR LES PROCÈS, ET LE MOINDRE CONFLIT SE RÈGLE DEVANT LA COUR.
JE NE COMPRENDS PAS COMMENT IL A FAIT CE TRUC...
...À MOINS QU'ILS NE POSSÈDENT DES PETITS GÉNÉRATEURS...
ÇA NE CORRESPONDRAIT PAS À LEUR NIVEAU TECHNOLOGIQUE !
CET IMBÉCILE A COMPLÈTEMENT BOUSILLÉ MA ROBE !...
...UNE CRÉATION UNIQUE DE CHEZ PRACCI !
DITES, MA PETITE, UNE SERVEUSE COMME VOUS, ÇA DOIT SAVOIR COUDRE, NON ?
POUR LA DERNIÈRE FOIS, JE SUIS OFFICIER ASTRONAVIGATEUR, PAS SERVEUSE !
ET VOUS SAURIEZ FAIRE UN OURLET ?
PFFFT !
JE PEUX ESSAYER, SI ÇA VOUS REND SERVICE, MADEMOISELLE !
ILS M'ONT LAISSÉ MES OUTILS.
CE QUI ME REND OPTIMISTE, C'EST QU'ILS PARLENT NOTRE LANGUE...
BEN, COMME TOUT LE MONDE DANS LA GALAXIE !
JUSTEMENT. ÇA M'INCITE À PENSER QUE CES INDIGÈNES ONT DES CONTACTS AVEC NOTRE CIVILISATION.
SCRITCH
PAS SI LONG, VOYONS !
C'EST VULGAIRE, UNE JUPE TROP LONGUE.
GURPSH !
VE PEUX FOUS PARLER ?

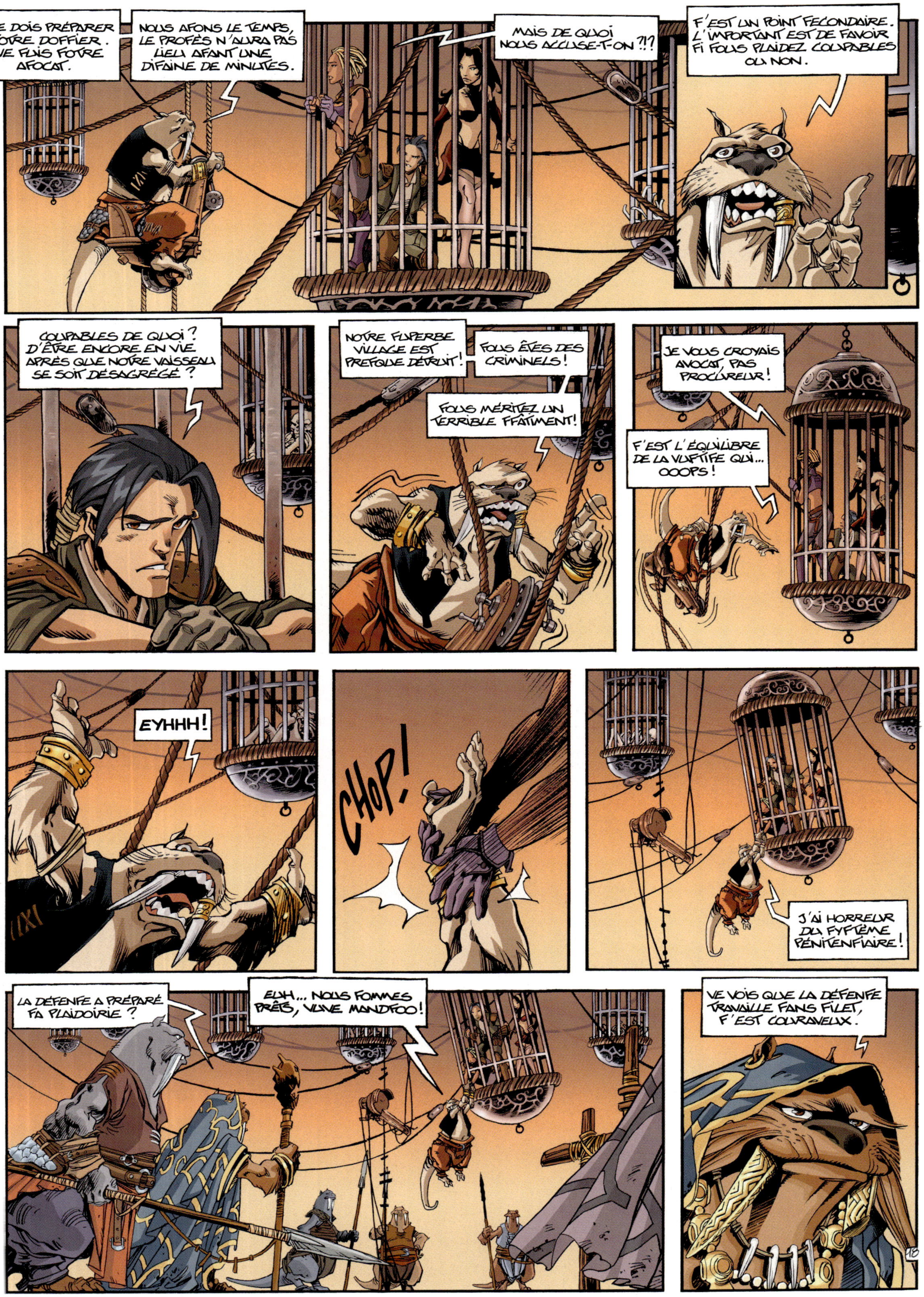

VE DOIS PRÉPARER FOTRE DOFFIER. VE FUIS FOTRE AFOCAT.
NOUS AFONS LE TEMPS, LE PROFÈS N'AURA PAS LIEU AFANT UNE DIFAINE DE MINUTES.
MAIS DE QUOI NOUS ACCUSE-T-ON ?!?
F'EST UN POINT FECONDAIRE. L'IMPORTANT EST DE FAVOIR FI FOUS PLAIDEZ COUPABLES OU NON.
COUPABLES DE QUOI ? D'ÊTRE ENCORE EN VIE APRÈS QUE NOTRE VAISSEAU SE SOIT DÉSAGRÉGÉ ?
NOTRE FUPERBE VILLAGE EST PREFQUE DÉTRUIT !
FOUS ÊTES DES CRIMINELS !
FOUS MÉRITEZ UN TERRIBLE FFÂTIMENT !
JE VOUS CROYAIS AVOCAT, PAS PROCUREUR !
F'EST L'ÉQUILIBRE DE LA VUFTIFE QUI... OOOPS !
EYHHH !
CHOP !
J'AI HORREUR DU FYFTÈME PÉNITENFIAIRE !
LA DÉFENFE A PRÉPARÉ FA PLAIDOIRIE ?
EUH... NOUS FOMMES PRÊTS, VIVE MANDFOO !
VE VOIS QUE LA DÉFENFE TRAVAILLE FANS FILET, F'EST COURAVEUX.

LES BANFOOS PRATIQUENT UNE JUSTICE DÉMOCRATIQUE, PUISQUE LORS DES PROCÈS, CHAQUE CITOYEN EST JURÉ.
QU'EST-CE QUE C'EST QUE CET ENDROIT ?!?
ON DIRAIT QU'ON EST ATTENDUS...
CHACUN EST MUNI DE VINGT BILLES QU'IL PLACERA AU FUR ET À MESURE DES DÉBATS DANS L'ORIFICE DE DROITE, VOTANT AINSI COUPABLE, OU DANS CELUI DE GAUCHE POUR SIGNIFIER L'INNOCENCE.
EYH! VOUS AVEZ VU, LÀ, EN DESSOUS ?!?
OUI, LA MER A DES DENTS.
ET DES GRANDES!
VE DÉCLARE L'AUDIENFE OUVERTE! FILENFE DANS LE BOX!
FOUS ÊTES ACCUFÉS DE DEFTRUCFION PARFIELLE...
POK
POK
...AU TOTALE DE QUATORFE HABITAFIONS, DEUX PALIFFADES, ET FIX FILETS DE PÊFFE.
TOUT ÇA EST RIDICULE!
VOUS, FERMEZ-LA.
MES CLIENTS PLAIDENT COUPABLE!
VOUS AUSSI, FERMEZ-LA!
NOUS SOMMES DÉSOLÉS DES DÉSAGRÉMENTS CAUSÉS, MAIS UN VAISSEAU SPATIAL A EU UN GRAVE ACCIDENT.
NOUS DEVONS PRENDRE CONTACT AVEC L'ASTROPORT LE PLUS PROCHE!
V'IGNORE DE QUOI FOUS PARLEZ.
LES PRÉVENUS NE DOIFENT DE TOUTE FAFON AVOIR DE CONTACTS AVEC PERFONNE AVANT L'IFFUE DU PROFÈS.
ET LES AFTROPORCS FONT VOS COMPLIFES?
ÊTES-FOUS DES AFTROTRUIES?
19

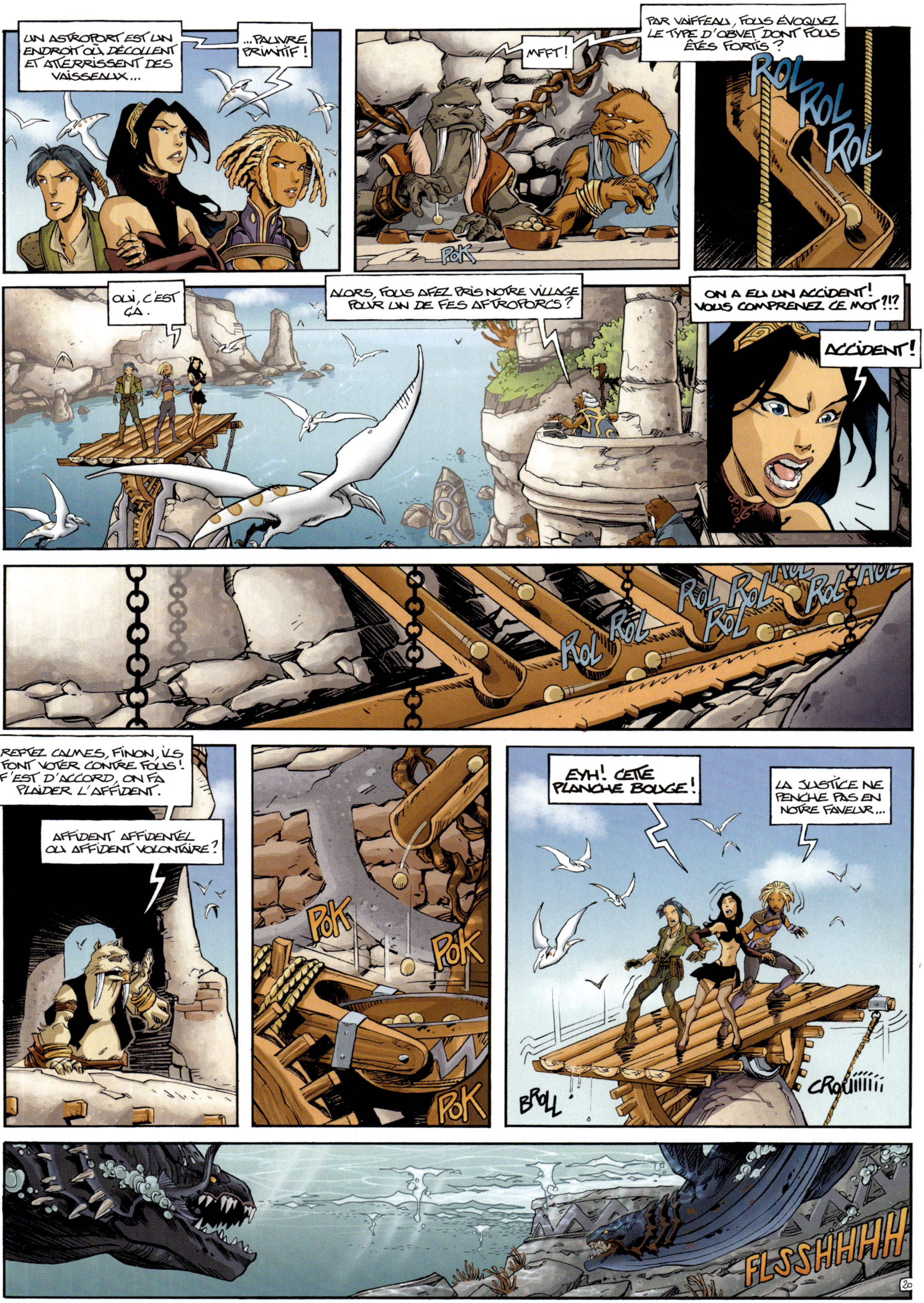
UN ASTROPORT EST UN ENDROIT OÙ DÉCOLLENT ET ATTERRISSENT DES VAISSEAUX...
...PAUVRE PRIMITIF !
MFFT !
PAR VAIFFEAU, FOUS ÉVOQUEZ LE TYPE D'OBVET DONT FOUS ÊTES FORTIS ?
POK
ROL ROL ROL
OUI, C'EST ÇA.
ALORS, FOUS AFEZ PRIS NOTRE VILLAGE POUR UN DE FES AFTROPORTS ?
ON A EU UN ACCIDENT ! VOUS COMPRENEZ CE MOT ?!?
ACCIDENT !
ROL ROL ROL ROL ROL
REFTEZ CALMES, FINON, ILS FONT VOTER CONTRE FOUS ! F'EST D'ACCORD, ON FA PLAIDER L'AFFIDENT.
AFFIDENT AFFIDENTEL OU AFFIDENT VOLONTAIRE ?
POK
POK
POK
EYH ! CETTE PLANCHE BOUGE !
LA JUSTICE NE PENCHE PAS EN NOTRE FAVEUR...
BROLL
CROUIIIIII
FLSSHHHH
20

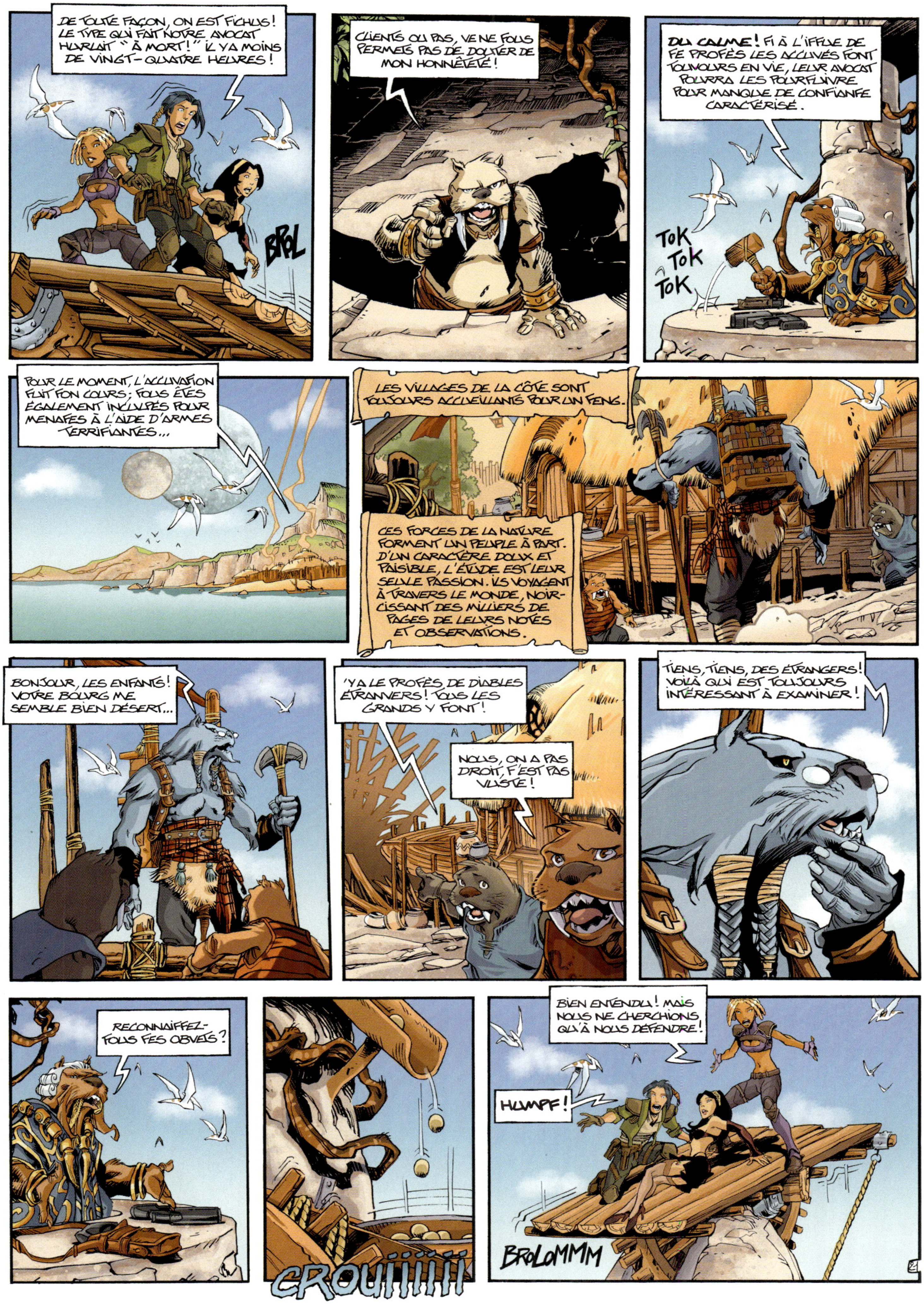
DE TOUTE FAÇON, ON EST FICHUS ! LE TYPE QUI FAIT NOTRE AVOCAT HURLAIT "À MORT !" IL Y A MOINS DE VINGT-QUATRE HEURES !
BROL
CLIENTS OU PAS, VE NE FOUS PERMETS PAS DE DOUTER DE MON HONNÊTETÉ !
DU CALME ! FI À L'IFFUE DE FE PROFÈS LES ACCUVÉS FONT TOUVOURS EN VIE, LEUR AVOCAT POURRA LES POURFUIVRE POUR MANQUE DE CONFIANFE CARACTÉRISÉ.
TOK TOK TOK
POUR LE MOMENT, L'ACCUVAFION FUIT FON COURS ; FOUS ÊTES ÉGALEMENT INCULPÉS POUR MENAFES À L'AIDE D'ARMES TERRIFIANTES...
LES VILLAGES DE LA CÔTE SONT TOUJOURS ACCUEILLANTS POUR UN FENG.
CES FORCES DE LA NATURE FORMENT UN PEUPLE À PART. D'UN CARACTÈRE DOUX ET PAISIBLE, L'ÉTUDE EST LEUR SEULE PASSION. ILS VOYAGENT À TRAVERS LE MONDE, NOIRCISSANT DES MILLIERS DE PAGES DE LEURS NOTES ET OBSERVATIONS.
BONJOUR, LES ENFANTS ! VOTRE BOURG ME SEMBLE BIEN DÉSERT...
'Y A LE PROFÈS DE DIABLES ÉTRANVERS ! TOUS LES GRANDS Y FONT !
NOUS, ON A PAS DROIT, F'EST PAS VUSTE !
TIENS, TIENS, DES ÉTRANGERS ! VOILÀ QUI EST TOUJOURS INTÉRESSANT À EXAMINER !
RECONNAIFFEZ-FOUS FES OBVETS ?
CROUIIIIIII
BIEN ENTENDU ! MAIS NOUS NE CHERCHIONS QU'À NOUS DÉFENDRE !
HUMPF !
BROLOMMM

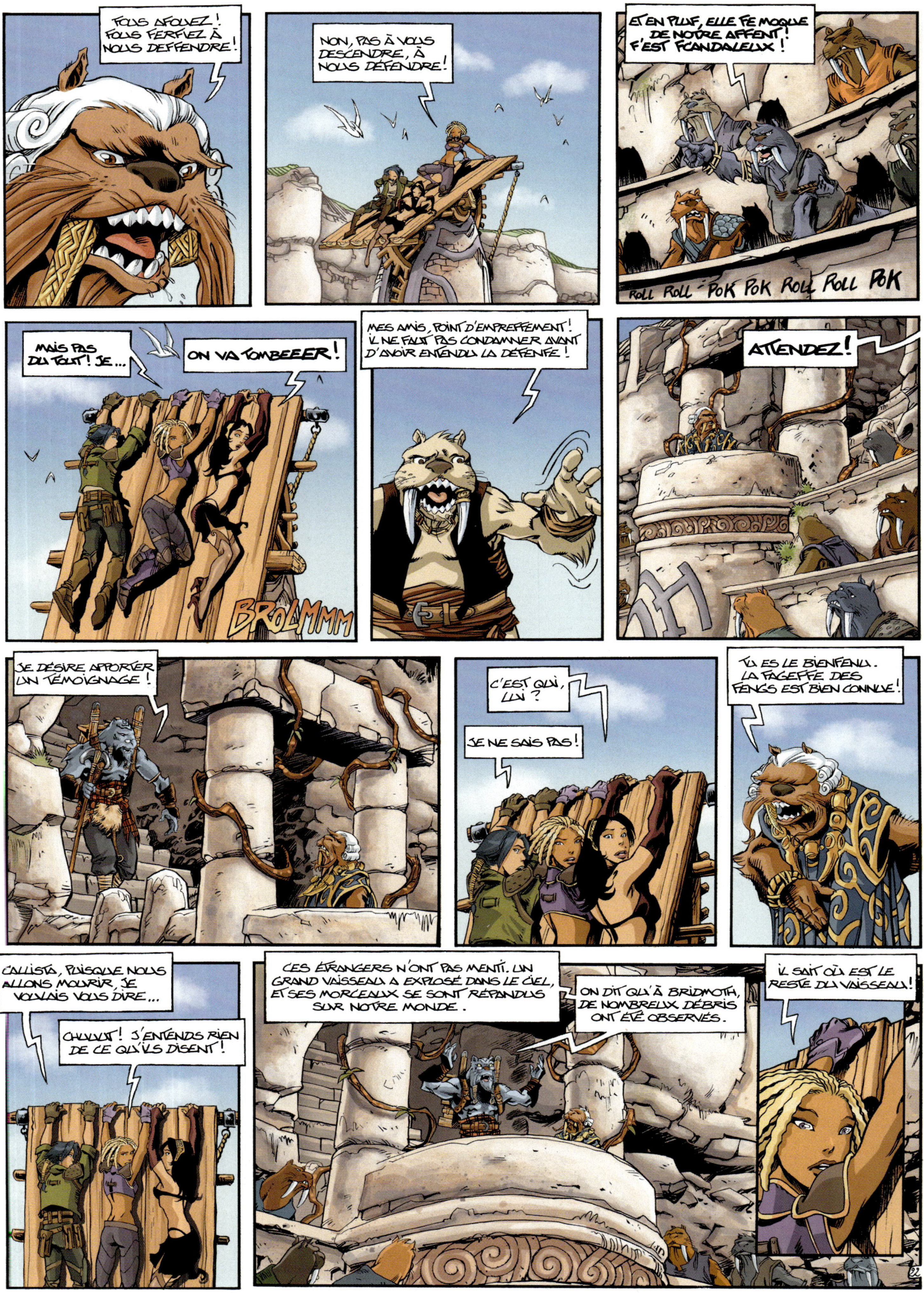

FOUS AFOUEZ ! FOUS FERFIEZ À NOUS DEFFENDRE !
NON, PAS À VOUS DESCENDRE, À NOUS DÉFENDRE !
ET EN PLUF, ELLE FE MOQUE DE NOTRE AFFENT ! F'EST FCANDALEUX !
ROLL ROLL POK POK ROLL ROLL POK
MAIS PAS DU TOUT ! JE...
ON VA TOMBEEER !
BROLMMM
MES AMIS, POINT D'EMPREFFEMENT ! IL NE FAUT PAS CONDAMNER AVANT D'AVOIR ENTENDU LA DÉFENFE !
ATTENDEZ !
JE DÉSIRE APPORTER UN TÉMOIGNAGE !
C'EST QUI, LUI ?
JE NE SAIS PAS !
TU ES LE BIENFENU. LA FAGEFFE DES FENGS EST BIEN CONNUE !
CALLISTA, PUISQUE NOUS ALLONS MOURIR, JE VOULAIS VOUS DIRE...
CHUUUT ! J'ENTENDS RIEN DE CE QU'ILS DISENT !
CES ÉTRANGERS N'ONT PAS MENTI. UN GRAND VAISSEAU A EXPLOSÉ DANS LE CIEL, ET SES MORCEAUX SE SONT RÉPANDUS SUR NOTRE MONDE.
ON DIT QU'À BRIDMOTH, DE NOMBREUX DÉBRIS ONT ÉTÉ OBSERVÉS.
IL SAIT OÙ EST LE RESTE DU VAISSEAU !

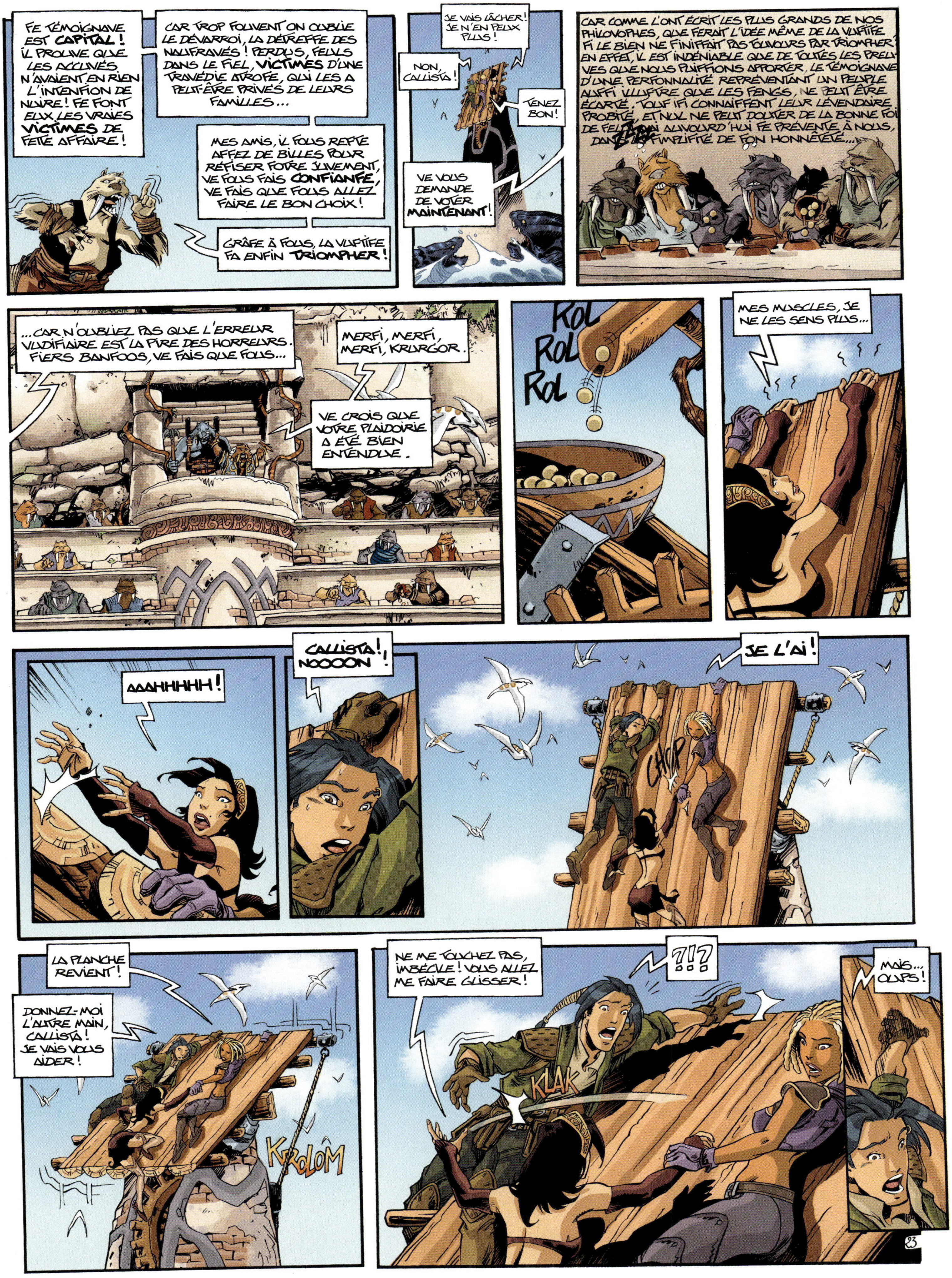
FE TÉMOIGNAVE EST CAPITAL ! IL PROUVE QUE LES ACCUVÉS N'AVAIENT EN RIEN L'INTENFION DE NUIRE ! FE FONT EUX LES VRAIES VICTIMES DE FETTE AFFAIRE !
CAR TROP FOUVENT ON OUBLIE LE DÉVARROI, LA DÉTREFFE DES NAUFRAVÉS ! PERDUS, FEULS DANS LE FIEL, VICTIMES D'UNE TRAVÉDIE ATROFE, QUI LES A PEUT-ÊTRE PRIVÉS DE LEURS FAMILLES...
MES AMIS, IL FOUS REFTE AFFEZ DE BILLES POUR RÉFISER FOTRE JUVEMENT, VE FOUS FAIS CONFIANFE, VE FAIS QUE FOUS ALLEZ FAIRE LE BON CHOIX !
GRÂFE À FOUS, LA VUFTIFE FA ENFIN TRIOMPHER !
JE VAIS LÂCHER ! JE N'EN PEUX PLUS !
NON, CALLISTA !
TENEZ BON !
VE VOUS DEMANDE DE VOTER MAINTENANT !
CAR COMME L'ONT ÉCRIT LES PLUS GRANDS DE NOS PHILOVOPHES, QUE FERAIT L'IDÉE MÊME DE LA VUFTIFE FI LE BIEN NE FINIFFAIT PAS TOUVOURS PAR TRIOMPHER ? EN EFFET, IL EST INDÉNIABLE QUE DE TOUTES LES PREUVES QUE NOUS PUIFFIONS APPORTER, LE TÉMOIGNAVE D'UNE PERFONNALITÉ REPRÉVENTANT UN PEUPLE AUFFI ILLUFTRE QUE LES FENGS, NE PEUT ÊTRE ÉCARTÉ. TOUF IFI CONNAIFFENT LEUR LÉVENDAIRE PROBITÉ, ET NUL NE PEUT DOUTER DE LA BONNE FOI DE FEL AUVOURD'HUI FE PRÉVENTE À NOUS, DAN FIMPLIFITÉ DE FON HONNÊTETÉ...
ZZZ
...CAR N'OUBLIEZ PAS QUE L'ERREUR VUDIFIAIRE EST LA PIRE DES HORREURS. FIERS BANFOOS, VE FAIS QUE FOUS...
MERFI, MERFI, MERFI, KRURGOR.
VE CROIS QUE VOTRE PLAIDOIRIE A ÉTÉ BIEN ENTENDUE.
ROL ROL ROL
MES MUSCLES, JE NE LES SENS PLUS...
AAAHHHHH !
CALLISTA ! NOOOON !
JE L'AI !
CHOP
LA PLANCHE REVIENT !
DONNEZ-MOI L'AUTRE MAIN, CALLISTA ! JE VAIS VOUS AIDER !
KROLOM
NE ME TOUCHEZ PAS, IMBÉCILE ! VOUS ALLEZ ME FAIRE GLISSER !
?!?
KLAK
MAIS... OUPS !
23

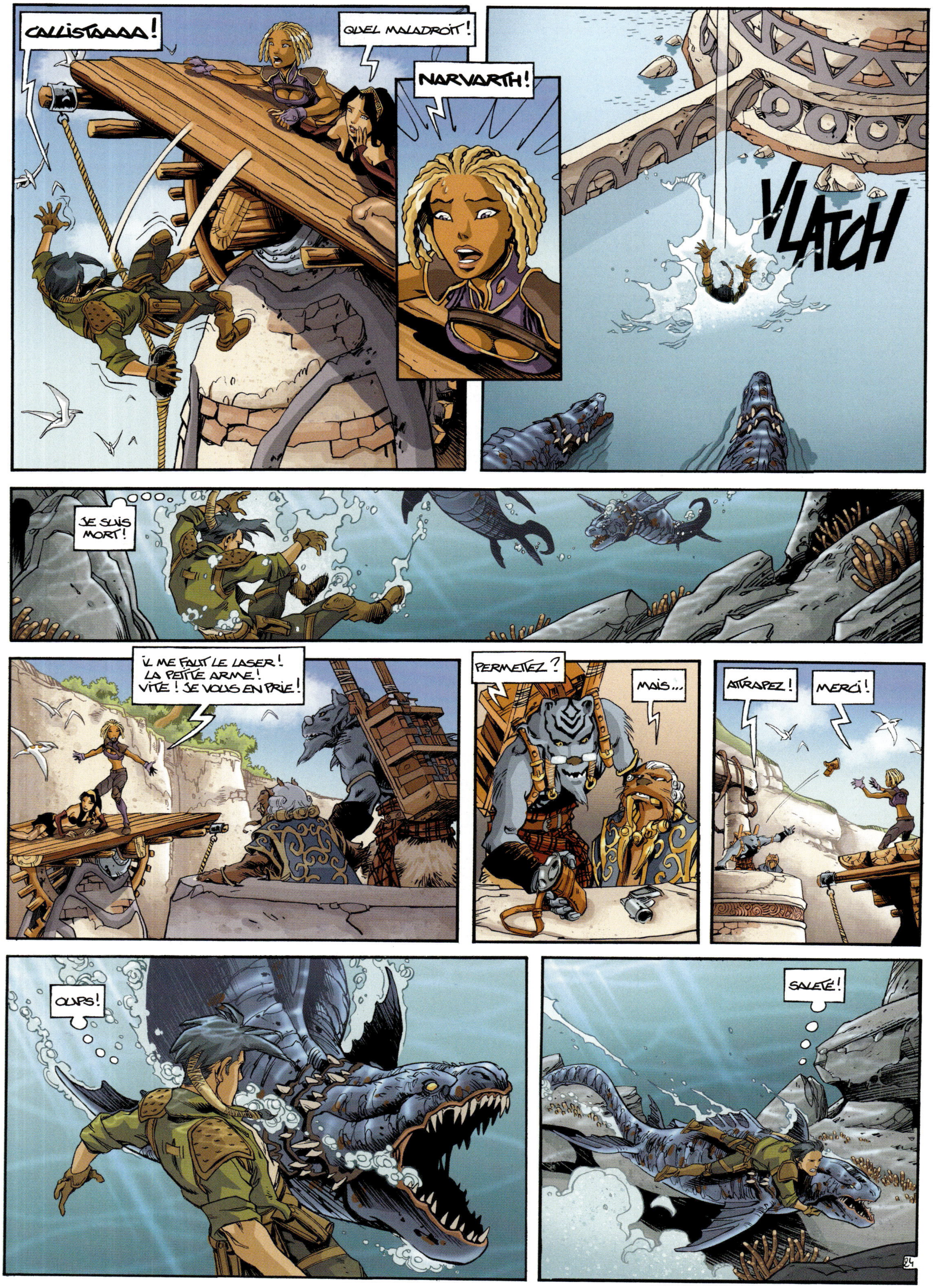
CALLISTAAAA!
QUEL MALADROIT!
NARVARTH!
VLATCH
JE SUIS MORT!
IL ME FAUT LE LASER! LA PETITE ARME! VITE! JE VOUS EN PRIE!
PERMETTEZ?
MAIS...
ATTRAPEZ!
MERCI!
OUPS!
SALETÉ!

JE NE TE LÂCHERAI PAS ! C'EST LE SEUL ENDROIT OÙ TU NE PEUX PAS M'ATTRAPER !
TIENS BON, NARVARTH !
YOUPS !
VRUSSHHHH
COUCHÉ !
FWWZZZZ
IL ATTAQUE SON CONGÉNÈRE JUSTE POUR M'ATTRAPER !
ON VA LES LAISSER ENTRE EUX...
DE L'AIR !
NARVARTH ! METS-TOI À L'ABRI !
WARSH
FI ELLE TUE TOUS LES PETITS, ELLE VA ÉNERVER LA MÈRE !
LA MÈRE ?!?
25

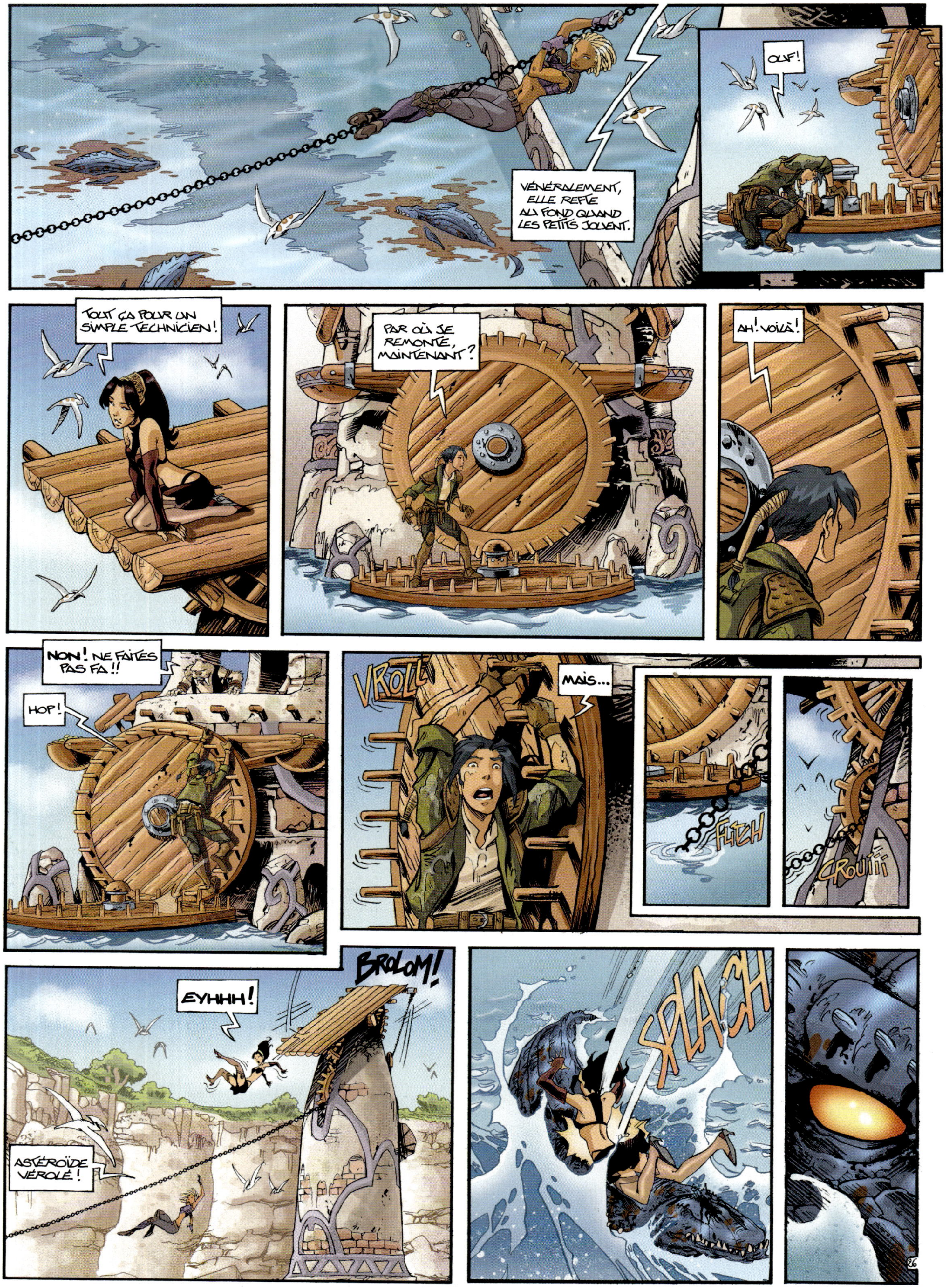
GÉNÉRALEMENT, ELLE RESTE AU FOND QUAND LES PETITS JOUENT.
OUF!
TOUT ÇA POUR UN SIMPLE TECHNICIEN!
PAR OÙ JE REMONTE, MAINTENANT?
AH! VOILÀ!
NON! NE FAITES PAS ÇA!!
HOP!
VROLL
MAIS...
FLITCH
CROUIII
BROLOM!
EYHHH!
ASTÉROÏDE VÉROLÉ!
SPLACH

BÊÊÊRK ! C'EST TOUT GLUANT !
BLUB BLUB BLUB BLUB BLUB
OH PONIFFE !
CALLISTA ! DERRIÈRE VOUS !
GOGUE ! IL EST VIDE !
EH BIEN QUOI ! CESSEZ DE GESTICULER ET HÂTEZ-VOUS DE M'ENVOYER UNE BARQUE, JE NE VOUDRAIS PAS EN PLUS ME TREMPER !
BLOOM !
VLATCH
VE DÉCLARE OFFIFIELLEMENT LES ACCUSÉS INNOFENTS ! L'ACQUITTEMENT EST PRONONFÉ !
TAO LE FENG, FOUS N'AIMEZ PAS LES ANIMAUX.
SEULEMENT S'ILS ONT DE TROP GRANDES DENTS.
RENTRONS AU VILLAVE, L'HEURE DU THÉ APPROFFE.

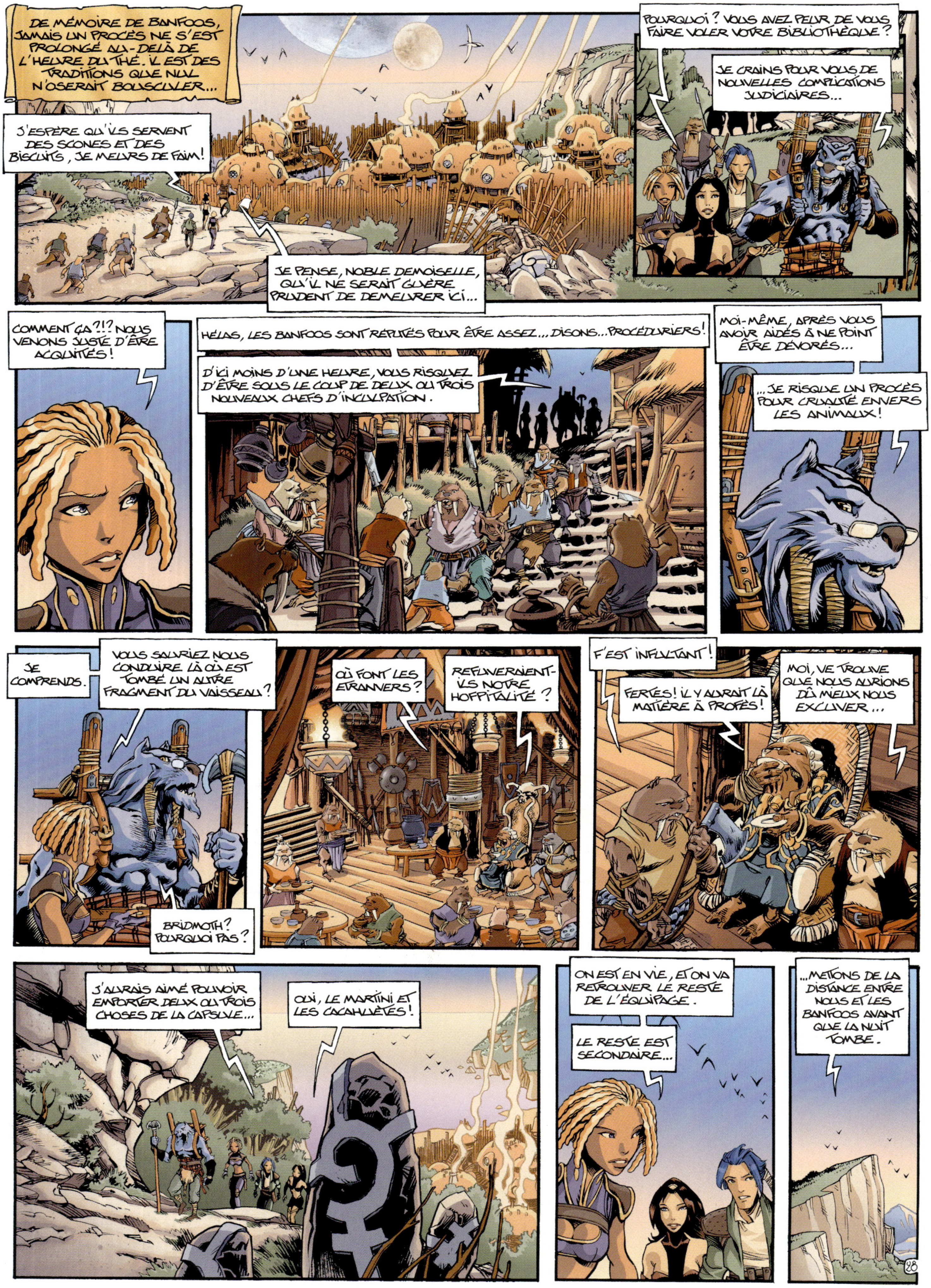
DE MÉMOIRE DE BANFOOS, JAMAIS UN PROCÈS NE S'EST PROLONGÉ AU-DELÀ DE L'HEURE DU THÉ. IL EST DES TRADITIONS QUE NUL N'OSERAIT BOUSCULER...
J'ESPÈRE QU'ILS SERVENT DES SCONES ET DES BISCUITS, JE MEURS DE FAIM!
JE PENSE, NOBLE DEMOISELLE, QU'IL NE SERAIT GUÈRE PRUDENT DE DEMEURER ICI...
POURQUOI ? VOUS AVEZ PEUR DE VOUS FAIRE VOLER VOTRE BIBLIOTHÈQUE ?
JE CRAINS POUR VOUS DE NOUVELLES COMPLICATIONS JUDICIAIRES...
COMMENT ÇA ?!? NOUS VENONS JUSTE D'ÊTRE ACQUITTÉS!
HÉLAS, LES BANFOOS SONT RÉPUTÉS POUR ÊTRE ASSEZ... DISONS... PROCÉDURIERS!
D'ICI MOINS D'UNE HEURE, VOUS RISQUEZ D'ÊTRE SOUS LE COUP DE DEUX OU TROIS NOUVEAUX CHEFS D'INCULPATION.
MOI-MÊME, APRÈS VOUS AVOIR AIDÉS À NE POINT ÊTRE DÉVORÉS...
...JE RISQUE UN PROCÈS POUR CRUAUTÉ ENVERS LES ANIMAUX!
JE COMPRENDS.
VOUS SAURIEZ NOUS CONDUIRE LÀ OÙ EST TOMBÉ UN AUTRE FRAGMENT DU VAISSEAU?
BRIDMOTH? POURQUOI PAS?
OÙ FONT LES ÉTRANVERS?
REFUVERAIENT-ILS NOTRE HOFFPITALITÉ ?
F'EST INFULTANT!
FERTES! IL Y AURAIT LÀ MATIÈRE À PROFÈS!
MOI, VE TROUVE QUE NOUS AURIONS DÛ MIEUX NOUS EXCUVER...
J'AURAIS AIMÉ POUVOIR EMPORTER DEUX OU TROIS CHOSES DE LA CAPSULE...
OUI, LE MARTINI ET LES CACAHUÈTES!
ON EST EN VIE, ET ON VA RETROUVER LE RESTE DE L'ÉQUIPAGE.
LE RESTE EST SECONDAIRE...
...METTONS DE LA DISTANCE ENTRE NOUS ET LES BANFOOS AVANT QUE LA NUIT TOMBE.
28

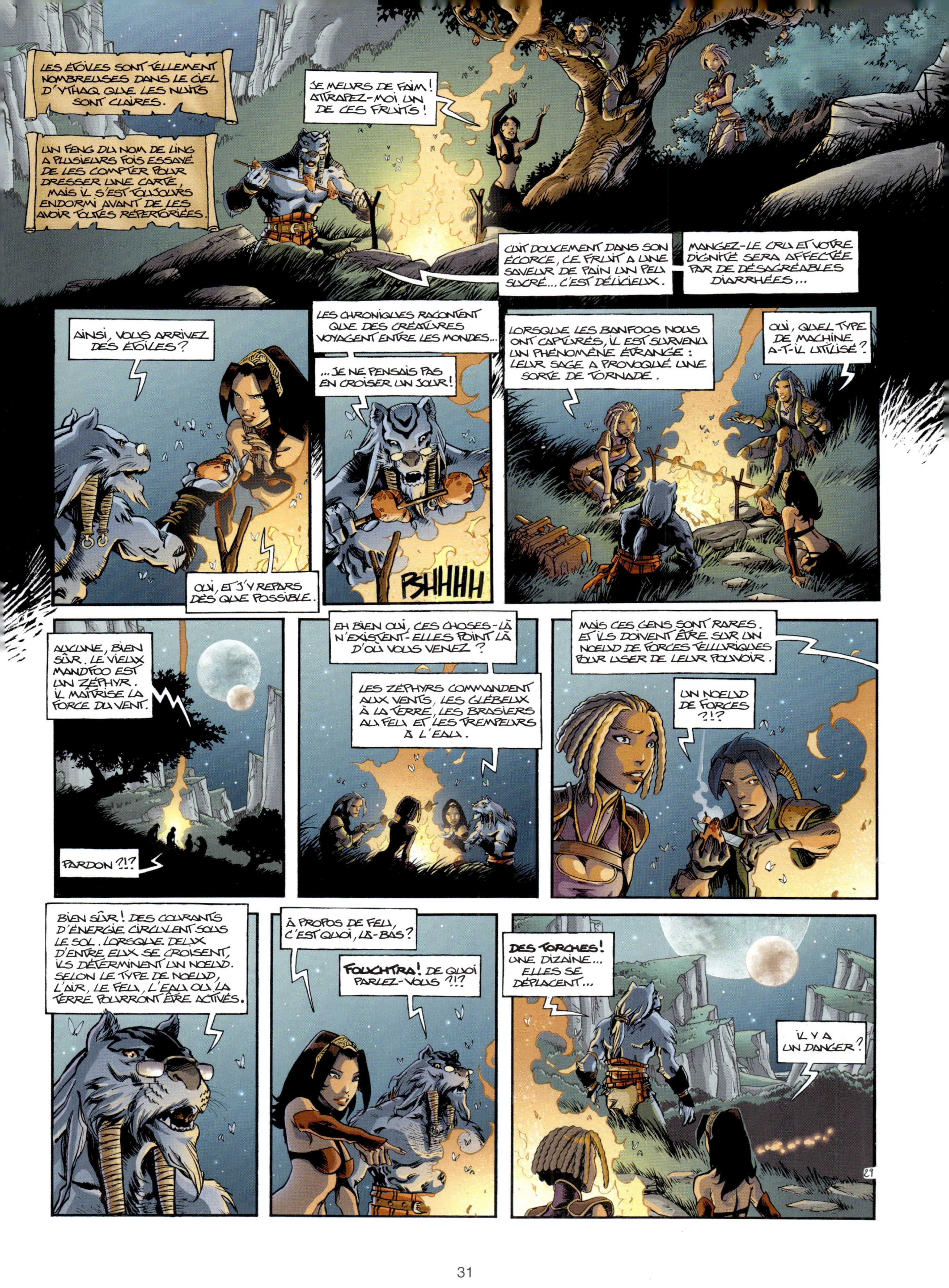
LES ÉTOILES SONT TELLEMENT NOMBREUSES DANS LE CIEL D'YTHAQ QUE LES NUITS SONT CLAIRES.
UN FENG DU NOM DE LING A PLUSIEURS FOIS ESSAYÉ DE LES COMPTER POUR DRESSER UNE CARTE, MAIS IL S'EST TOUJOURS ENDORMI AVANT DE LES AVOIR TOUTES RÉPERTORIÉES.
JE MEURS DE FAIM ! ATTRAPEZ-MOI UN DE CES FRUITS !
CUIT DOUCEMENT DANS SON ÉCORCE, CE FRUIT A UNE SAVEUR DE PAIN UN PEU SUCRÉ... C'EST DÉLICIEUX.
MANGEZ-LE CRU ET VOTRE DIGNITÉ SERA AFFECTÉE PAR DE DÉSAGRÉABLES DIARRHÉES...
AINSI, VOUS ARRIVEZ DES ÉTOILES ?
OUI, ET J'Y REPARS DÈS QUE POSSIBLE.
LES CHRONIQUES RACONTENT QUE DES CRÉATURES VOYAGENT ENTRE LES MONDES...
...JE NE PENSAIS PAS EN CROISER UN JOUR !
BSHHHH
LORSQUE LES BANFOOS NOUS ONT CAPTURÉS, IL EST SURVENU UN PHÉNOMÈNE ÉTRANGE : LEUR SAGE A PROVOQUÉ UNE SORTE DE TORNADE.
OUI, QUEL TYPE DE MACHINE A-T-IL UTILISÉ ?
AUCUNE, BIEN SÛR. LE VIEUX MANDFOO EST UN ZÉPHYR. IL MAÎTRISE LA FORCE DU VENT.
PARDON ?!?
EH BIEN OUI, CES CHOSES-LÀ N'EXISTENT-ELLES POINT LÀ D'OÙ VOUS VENEZ ?
LES ZÉPHYRS COMMANDENT AUX VENTS, LES GLÉBEUX À LA TERRE, LES BRASIERS AU FEU ET LES TREMPEURS À L'EAU.
MAIS CES GENS SONT RARES. ET ILS DOIVENT ÊTRE SUR UN NOEUD DE FORCES TELLURIQUES POUR USER DE LEUR POUVOIR.
UN NOEUD DE FORCES ?!?
BIEN SÛR ! DES COURANTS D'ÉNERGIE CIRCULENT SOUS LE SOL. LORSQUE DEUX D'ENTRE EUX SE CROISENT, ILS DÉTERMINENT UN NOEUD. SELON LE TYPE DE NOEUD, L'AIR, LE FEU, L'EAU OU LA TERRE POURRONT ÊTRE ACTIVÉS.
À PROPOS DE FEU, C'EST QUOI, LÀ-BAS ?
FOUCHTRA ! DE QUOI PARLEZ-VOUS ?!?
DES TORCHES ! UNE DIZAINE... ELLES SE DÉPLACENT...
IL Y A UN DANGER ?
29

C'EST UNE TROUPE MONTÉE, ILS ONT VU NOTRE FOYER ET VIENNENT VERS NOUS.
JE N'AIME PAS ÇA ! CACHEZ-VOUS !
ET VOUS, TAO ?
LES FENGS NE SONT PAS AGRESSÉS...
... ENFIN, GÉNÉRALEMENT.
NE CRAIGNEZ RIEN, CALLISTA ! JE SUIS LÀ !
ET C'EST CENSÉ ÊTRE RASSURANT ?
UN FENG...
UÜÜRRHH
DES FRAGMENTS D'UN VAISSEAU DU CIEL SE SERAIENT ÉCRASÉS PAR ICI... TU EN AS ENTENDU PARLER ?
JE N'AI RIEN VU TOMBER.
IL Y A PEUT-ÊTRE DES RESCAPÉS. ON LES CHERCHE.
LA NUIT EST PROFONDE.
CHOMP
TU DÎNES SEUL ?
J'AI MES LIVRES.
VOUS LISEZ TROP, VOUS, LES FENGS. C'EST PAS PRUDENT.
IL Y A UN VILLAGE DE PÊCHEURS BANFOOS, PLUS BAS. ILS AURONT PEUT-ÊTRE REMONTÉ QUELQUE CHOSE DANS LEURS FILETS...
KOF KOF

SALES TYPES !
ET C'EST NOUS QU'ILS CHERCHENT !
C'ÉTAIT PEUT-ÊTRE UNE EXPÉDITION DE SECOURS...
C'EST ÇA ! ET ILS AVAIENT AMENÉ DES CHOCOLATS !
C'EST DHOKAS, UN REDOUTABLE MERCENAIRE AU SERVICE DE LA MARGRAVE OPHYDE QUI RÈGNE SUR LES MONTAGNES VOISINES.
ILS VEULENT VOTRE VAISSEAU ET SES OCCUPANTS. IL FAUT FILER AU PLUS VITE.
VOUS VOULEZ DIRE... REPRENDRE LA ROUTE, LÀ, MAINTENANT ? EN PLEINE NUIT ? SANS MÊME S'ÊTRE REPOSÉS ?
ILS ONT DES MONTURES. DANS QUATRE À CINQ HEURES, ILS SERONT AU VILLAGE BANFOO.
EN DIX MINUTES, ILS AURONT RÉVEILLÉ LE VILLAGE, TROUVÉ VOTRE CAPSULE, ET LE VIEUX MANDFOO LEUR AURA TOUT DIT.
ILS SERONT DE RETOUR ICI AU LEVER DU SOLEIL, ET DE TRÈS MAUVAISE HUMEUR.
SI VOUS TENEZ À RESTER, MADEMOISELLE CALLISTA VENUE DES ÉTOILES, JE VOUS SOUHAITE UNE BONNE NUIT.
EYH, DOUCEMENT, LONGUE CRINIÈRE ! JE POSAIS JUSTE UNE QUESTION !
C'EST HALLUCINANT, COMME VOUS ÊTES PSYCHORIGIDE, MON VIEUX.
MON NOM EST TAO.
EN CONSERVANT UN BON RYTHME, NOUS POUVONS ÊTRE AU SAUTE-RAVIN DE BRIDMOTH AVANT LEUR RETOUR.
EN VILLE, NOUS NOUS PERDRONS DANS LA FOULE.
ÇA M'INQUIÈTE, CES MERCENAIRES.
ON POURRAIT LEUR LAISSER L'AUTRE PESTE, POUR LES OCCUPER...
PLUS L'AUBE APPROCHE ET PLUS LES HEURES SEMBLENT LONGUES AU VOYAGEUR...
C'EST ENCORE LOIN ?
NON.
BRIDMOTH EST LÀ-HAUT.
QUOI ?!? ET COMMENT TRAVERSE-T-ON ?
31

DÈS L'AUBE, LE SAUTE-RAVIN DE BRIDMOTH REPREND SON SERVICE RÉGULIER. LES LOURDS ANIMAUX DE TRAIT METTENT EN BRANLE LA ROUE GRÂCE À LAQUELLE LES ÉCHANGES SONT POSSIBLES ENTRE LA CÔTE ET LA CITÉ DES MONTAGNES.
NE RATONS PAS LA PREMIÈRE NACELLE, LES MERCENAIRES D'OPHYDE PEUVENT ÊTRE LÀ D'UN INSTANT À L'AUTRE !
EN VILLE, NOUS NE RISQUONS PAS D'ÊTRE IMMÉDIATEMENT REPÉRÉS ?
BRIDMOTH EST UN CENTRE IMPORTANT, LES VOYAGEURS, HUMAINS OU NON, Y SONT NOMBREUX.
PERSONNE NE FERA ATTENTION À VOUS NI À VOS VÊTEMENTS.
CET ANIMAL EXHALE UNE ODEUR RÉPUGNANTE !
C'EST UN CHEMLA. TRÈS UTILE POUR LES LOURDES CHARGES.
EYYHH !
SLURRP
VOUS VOYEZ, VOUS ARRIVEZ À VOUS FAIRE DES AMIS, FINALEMENT !
HRZÜ ?
JE CONNAIS UNE AUBERGE TOUT À FAIT SÛRE.
NOUS DEVONS AVANT TOUT SAVOIR S'IL Y A D'AUTRES RESCAPÉS DU NAUFRAGE.
JE CRAINS QU'ILS NE SOIENT EUX AUSSI POURCHASSÉS PAR OPHYDE, OU PIRE, DÉJÀ CAPTURÉS...
MON DEVOIR D'OFFICIER EST DE LES RETROUVER QUOI QU'IL ARRIVE.

ATTENTION ! BAISSEZ-VOUS !
QUE SE PASSE-T-IL ?
ENCORE DES MERCENAIRES !
ILS CONTRÔLENT CEUX QUI VEULENT QUITTER LA VILLE.
ALORS, ÉVITONS DE NOUS FAIRE REMARQUER...
AH NON !
RZZHÜÜ ?
T'APPROCHE PAS, SALE BÊTE ! LÈCHE-MOI !
EUH, NON, LÂCHE-MOI !
EYYHHH ?!?
HA HA HA ! 'GA'DEZ ÇA ! HO HO HO !
PLOK
ELLE A DE JOLIES JAMBES, MAIS ELLE NE TIENT PAS DESSUS !
C'EST À FORCE DE LES ÉCARTER TROP FACILEMENT...
TU CROIS ? FAUDRAIT VÉRIFIER...
QU'EST-CE QUE VOUS VOULEZ, VOUS ?
ILS VONT VIOLENTER MADEMOISELLE CALLISTA !
JE LES COMPRENDS... ENFIN, DISTRAIS LEUR ATTENTION, JE M'OCCUPE DE LES NEUTRALISER.
MESSIEURS ! JE M'EXCUSE DE VOUS INTERROMPRE, MAIS...
LÂCHEZ-MOI ! COMMENT OSEZ-VOUS ?!?
QUE SE PASSE-T-IL, ICI ?
33

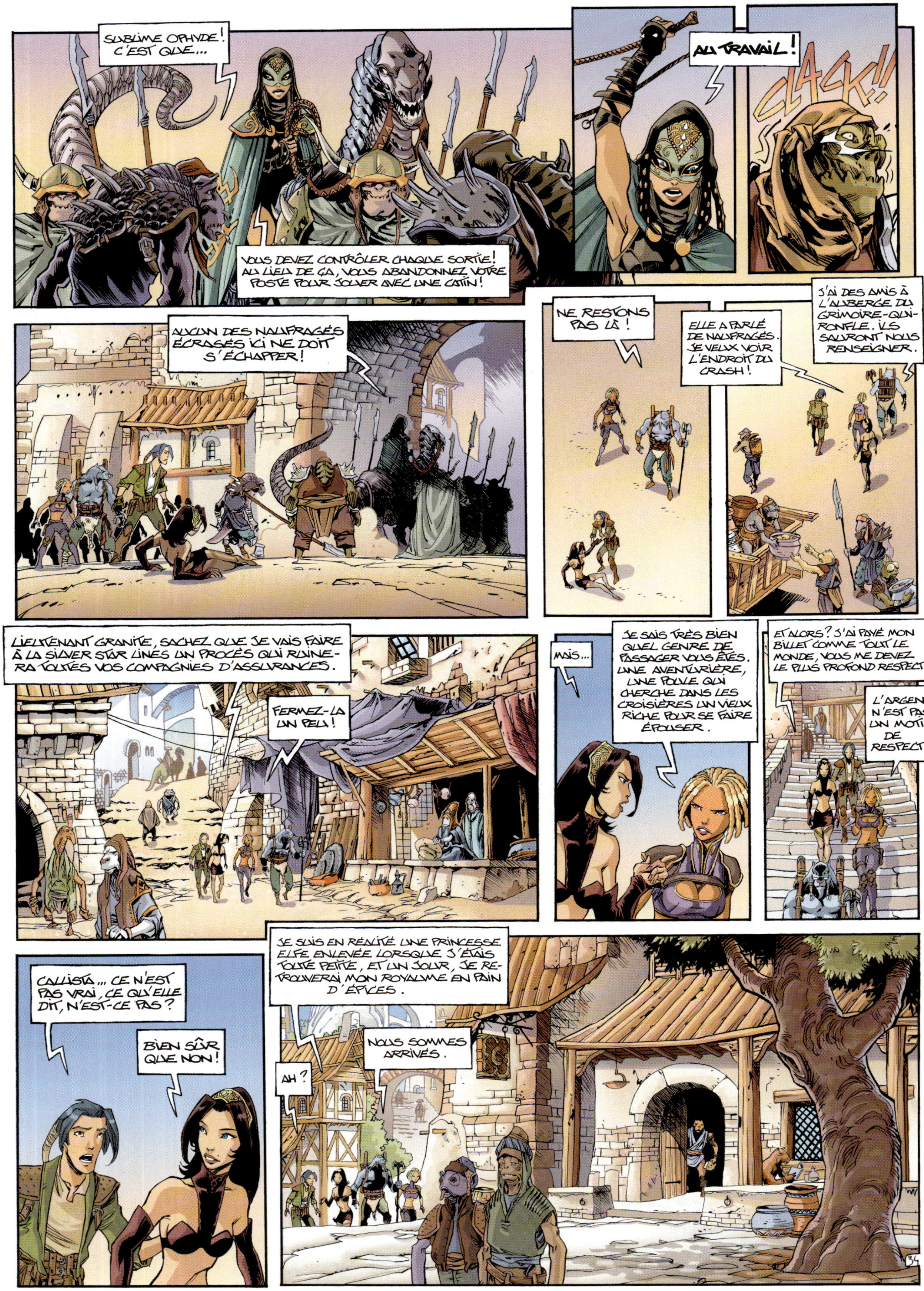
SUBLIME OPHYDE ! C'EST QUE...
VOUS DEVEZ CONTRÔLER CHAQUE SORTIE ! AU LIEU DE ÇA, VOUS ABANDONNEZ VOTRE POSTE POUR JOUER AVEC UNE CATIN !
AU TRAVAIL !
CLACK !!
AUCUN DES NAUFRAGÉS ÉCRASÉS ICI NE DOIT S'ÉCHAPPER !
NE RESTONS PAS LÀ !
ELLE A PARLÉ DE NAUFRAGÉS. JE VEUX VOIR L'ENDROIT DU CRASH !
J'AI DES AMIS À L'AUBERGE DU GRIMOIRE-QUI-RONFLE. ILS SAURONT NOUS RENSEIGNER.
LIEUTENANT GRANITE, SACHEZ QUE JE VAIS FAIRE À LA SILVER STAR LINES UN PROCÈS QUI RUINERA TOUTES VOS COMPAGNIES D'ASSURANCES.
FERMEZ-LA UN PEU !
MAIS...
JE SAIS TRÈS BIEN QUEL GENRE DE PASSAGER VOUS ÊTES. UNE AVENTURIÈRE, UNE POULE QUI CHERCHE DANS LES CROISIÈRES UN VIEUX RICHE POUR SE FAIRE ÉPOUSER.
ET ALORS ? J'AI PAYÉ MON BILLET COMME TOUT LE MONDE, VOUS ME DEVEZ LE PLUS PROFOND RESPECT.
L'ARGENT N'EST PAS UN MOTIF DE RESPECT.
CALLISTA... CE N'EST PAS VRAI, CE QU'ELLE DIT, N'EST-CE PAS ?
BIEN SÛR QUE NON !
JE SUIS EN RÉALITÉ UNE PRINCESSE ELFE ENLEVÉE LORSQUE J'ÉTAIS TOUTE PETITE, ET UN JOUR, JE RETROUVERAI MON ROYAUME EN PAIN D'ÉPICES.
AH ?
NOUS SOMMES ARRIVÉS.

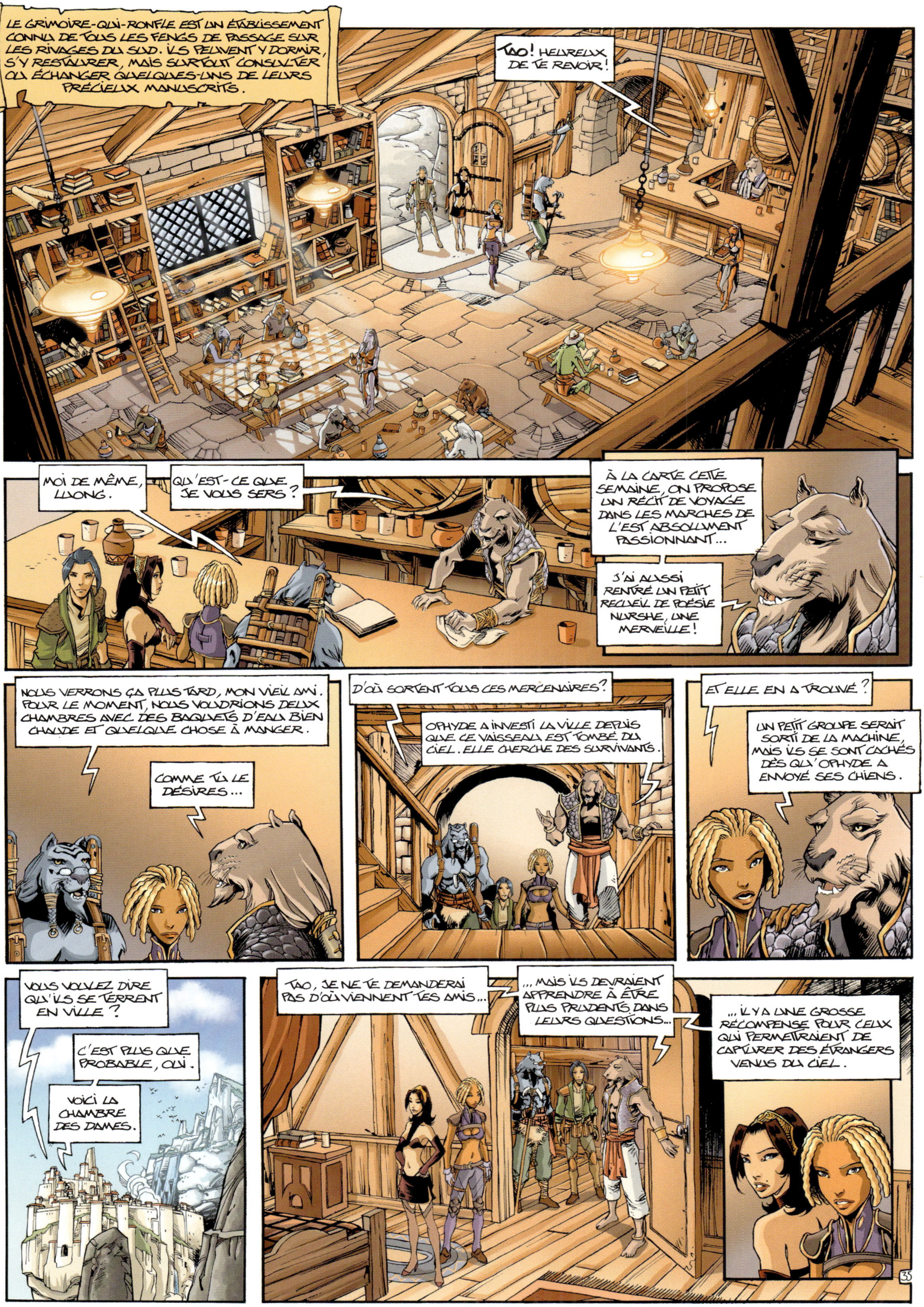
LE GRIMOIRE-QUI-RONFLE EST UN ÉTABLISSEMENT CONNU DE TOUS LES FENGS DE PASSAGE SUR LES RIVAGES DU SUD. ILS PEUVENT Y DORMIR, S'Y RESTAURER, MAIS SURTOUT CONSULTER OU ÉCHANGER QUELQUES-UNS DE LEURS PRÉCIEUX MANUSCRITS.
TAO ! HEUREUX DE TE REVOIR !
MOI DE MÊME, LUONG.
QU'EST-CE QUE JE VOUS SERS ?
À LA CARTE CETTE SEMAINE, ON PROPOSE UN RÉCIT DE VOYAGE DANS LES MARCHES DE L'EST ABSOLUMENT PASSIONNANT...
J'AI AUSSI RENTRÉ UN PETIT RECUEIL DE POÉSIE NURSHE, UNE MERVEILLE !
NOUS VERRONS ÇA PLUS TARD, MON VIEIL AMI. POUR LE MOMENT, NOUS VOUDRIONS DEUX CHAMBRES AVEC DES BAQUETS D'EAU BIEN CHAUDE ET QUELQUE CHOSE À MANGER.
COMME TU LE DÉSIRES...
D'OÙ SORTENT TOUS CES MERCENAIRES ?
OPHYDE A INVESTI LA VILLE DEPUIS QUE CE VAISSEAU EST TOMBÉ DU CIEL. ELLE CHERCHE DES SURVIVANTS.
ET ELLE EN A TROUVÉ ?
UN PETIT GROUPE SERAIT SORTI DE LA MACHINE, MAIS ILS SE SONT CACHÉS DÈS QU'OPHYDE A ENVOYÉ SES CHIENS.
VOUS VOULEZ DIRE QU'ILS SE TERRENT EN VILLE ?
C'EST PLUS QUE PROBABLE, OUI.
VOICI LA CHAMBRE DES DAMES.
TAO, JE NE TE DEMANDERAI PAS D'OÙ VIENNENT TES AMIS...
... MAIS ILS DEVRAIENT APPRENDRE À ÊTRE PLUS PRUDENTS DANS LEURS QUESTIONS...
... IL Y A UNE GROSSE RÉCOMPENSE POUR CEUX QUI PERMETTRAIENT DE CAPTURER DES ÉTRANGERS VENUS DU CIEL.
35

AU GRIMOIRE-QUI-RONFLE, IL Y A DE L'EAU CHAUDE À TOUS LES ÉTAGES. IL SUFFIT DE LA MONTER.
AH ! QUEL BONHEUR ! SE SENTIR PROPRE !
JE TROUVE CE MONDE FASCINANT. TOUT Y EST SI... BRUT, LES MODES DE VIE Y SEMBLENT SI AUTHENTIQUES...
MA PETITE, TOUTES LES CIVILISATIONS SONT IDENTIQUES : LE POUVOIR ET L'ARGENT SONT TOUJOURS INCONTOURNABLES.
VOUS ME TROUVEZ BELLE ?
JE...
...BIEN SÛR, CALLISTA, VOUS ÊTES TRÈS BELLE. VOUS LE SAVEZ ET VOUS L'UTILISEZ POUR BERNER LES HOMMES.
À COMMENCER PAR CE PAUVRE NARVARTH QUI SE TRÉMOUSSE À VOS PIEDS COMME UN PETIT CHIEN !
CE PAUVRE GARÇON NE PRÉSENTE GUÈRE D'INTÉRÊT. MAIS JE NE SÉDUIS PAS TOUJOURS QUE LES HOMMES, GRANITE...
À VOTRE TOUR, L'EAU EST ENCORE CHAUDE.
À UNE CLOISON DE LÀ...
JE N'AIME PAS REMETTRE DES VÊTEMENTS SALES !
MMMHHH...
LE TEMPS DE DORMIR QUELQUES HEURES ET ILS SERONT SECS !
VOUS NE VOUS COUCHEZ PAS ?
JE DOIS D'ABORD RACONTER TOUT CE QUI EST SURVENU DEPUIS NOTRE RENCONTRE. C'EST LA MISSION DES FENGS : CONSERVER LA MÉMOIRE.
VOUS ME DONNEZ ENVIE DE ME BAIGNER À NOUVEAU.
DANS CE CAS, VOUS ATTENDREZ QUE J'AIE FINI !
JE VAIS ÊTRE TRÈS CLAIRE, MADEMOISELLE CALLISTA : SI J'AI TANT HÂTE DE RETROUVER D'AUTRES SURVIVANTS DU NAUFRAGE...
...C'EST POUR POUVOIR VOUS CONFIER À LA RESPONSABILITÉ D'UN OFFICIER SUPÉRIEUR, ET NE PLUS AVOIR À VOUS SUPPORTER !
OH, VOUS VOUS RHABILLEZ ? J'ESPÉRAIS UN PEU DE DÉTENTE...
RESTEZ COUCHÉE SI VOUS LE SOUHAITEZ, MOI, JE SORS REPÉRER LES DÉBRIS DU VAISSEAU.
36

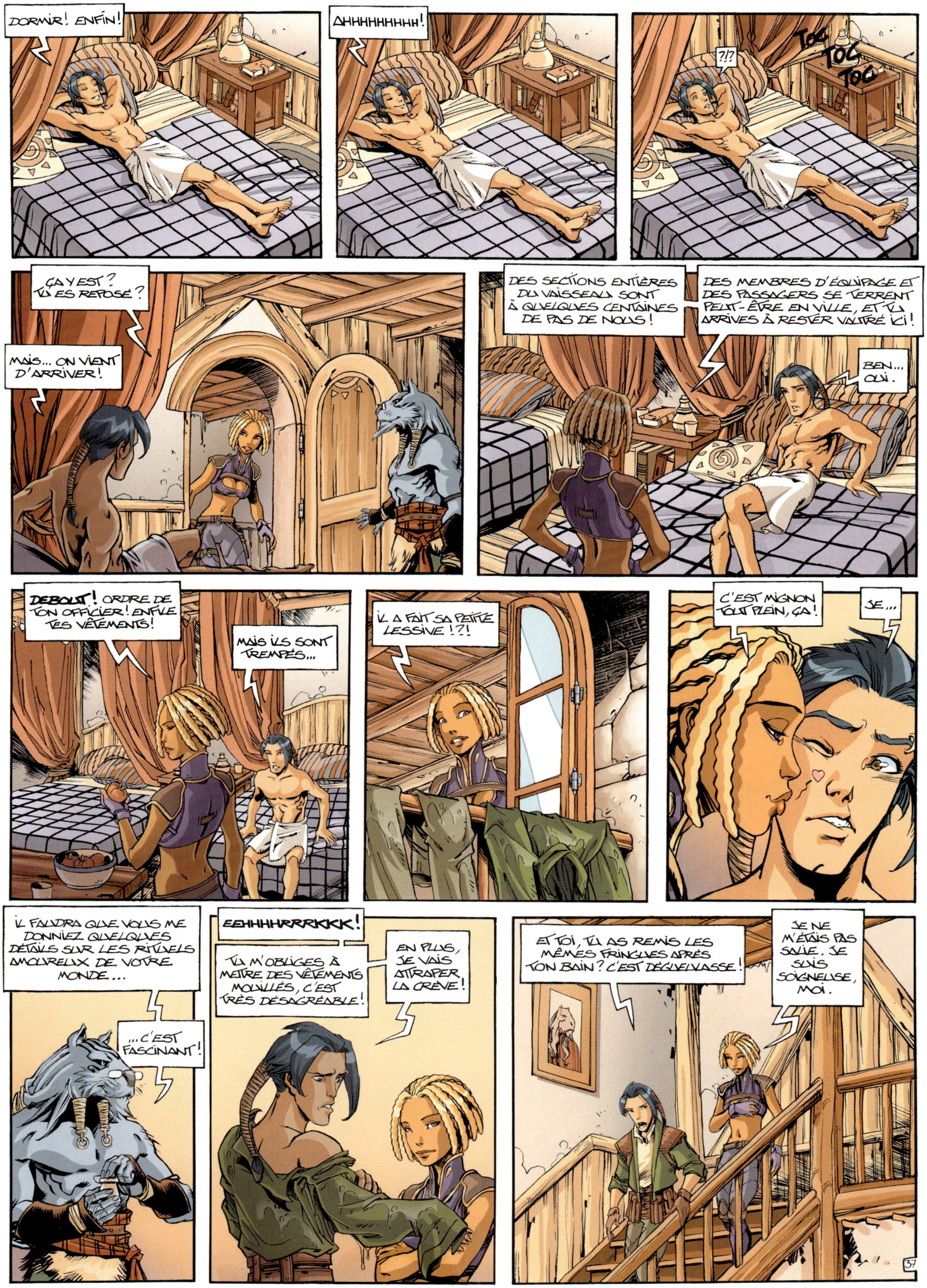

DORMIR! ENFIN!
AHHHHHHHHH!
?!?
TOC TOC TOC
ÇA Y EST? TU ES REPOSÉ?
MAIS... ON VIENT D'ARRIVER!
DES SECTIONS ENTIÈRES DU VAISSEAU SONT À QUELQUES CENTAINES DE PAS DE NOUS!
DES MEMBRES D'ÉQUIPAGE ET DES PASSAGERS SE TERRENT PEUT-ÊTRE EN VILLE, ET TU ARRIVES À RESTER VAUTRÉ ICI!
BEN... OUI.
DEBOUT! ORDRE DE TON OFFICIER! ENFILE TES VÊTEMENTS!
MAIS ILS SONT TREMPÉS...
IL A FAIT SA PETITE LESSIVE!?!
C'EST MIGNON TOUT PLEIN, ÇA!
JE...
IL FAUDRA QUE VOUS ME DONNIEZ QUELQUES DÉTAILS SUR LES RITUELS AMOUREUX DE VOTRE MONDE...
...C'EST FASCINANT!
EEHHHHRRRKKK!
TU M'OBLIGES À METTRE DES VÊTEMENTS MOUILLÉS, C'EST TRÈS DÉSAGRÉABLE!
EN PLUS, JE VAIS ATTRAPER LA CRÈVE!
ET TOI, TU AS REMIS LES MÊMES FRINGUES APRÈS TON BAIN? C'EST DÉGUEULASSE!
JE NE M'ÉTAIS PAS SALIE. JE SUIS SOIGNEUSE, MOI.
37

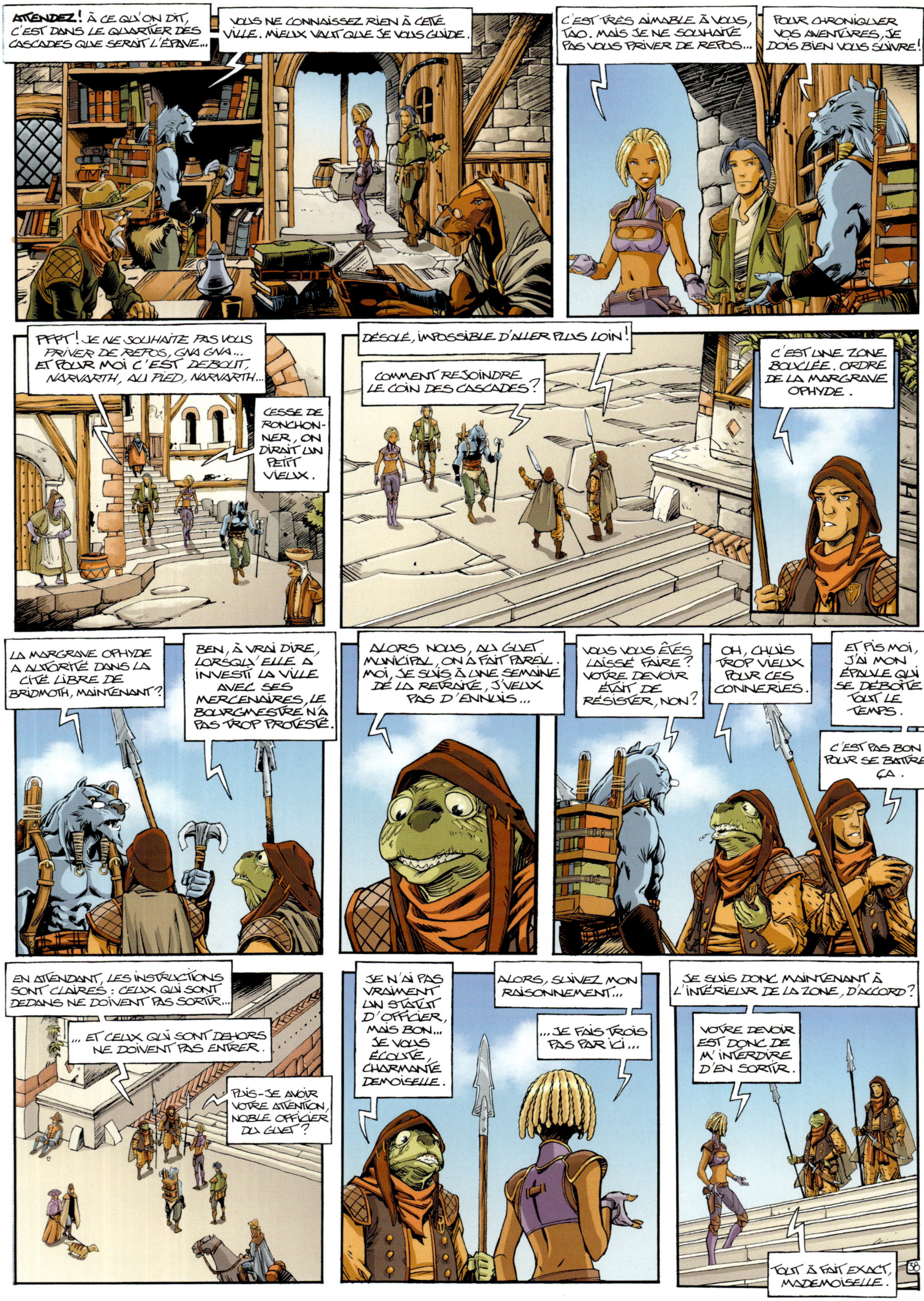
ATTENDEZ ! À CE QU'ON DIT, C'EST DANS LE QUARTIER DES CASCADES QUE SERAIT L'ÉPAVE...
VOUS NE CONNAISSEZ RIEN À CETTE VILLE. MIEUX VAUT QUE JE VOUS GUIDE.
C'EST TRÈS AIMABLE À VOUS, TAO. MAIS JE NE SOUHAITE PAS VOUS PRIVER DE REPOS...
POUR CHRONIQUER VOS AVENTURES, JE DOIS BIEN VOUS SUIVRE !
PFFT ! JE NE SOUHAITE PAS VOUS PRIVER DE REPOS, GNA GNA... ET POUR MOI C'EST DEBOUT, NARVARTH, AU PIED, NARVARTH...
CESSE DE RONCHONNER, ON DIRAIT UN PETIT VIEUX.
DÉSOLÉ, IMPOSSIBLE D'ALLER PLUS LOIN !
COMMENT REJOINDRE LE COIN DES CASCADES ?
C'EST UNE ZONE BOUCLÉE. ORDRE DE LA MARGRAVE OPHYDE.
LA MARGRAVE OPHYDE A AUTORITÉ DANS LA CITÉ LIBRE DE BRIDMOTH, MAINTENANT ?
BEN, À VRAI DIRE, LORSQU'ELLE A INVESTI LA VILLE AVEC SES MERCENAIRES, LE BOURGMESTRE N'A PAS TROP PROTESTÉ.
ALORS NOUS, AU GUET MUNICIPAL, ON A FAIT PAREIL. MOI, JE SUIS À UNE SEMAINE DE LA RETRAITE, J'VEUX PAS D'ENNUIS...
VOUS VOUS ÊTES LAISSÉ FAIRE ? VOTRE DEVOIR ÉTAIT DE RÉSISTER, NON ?
OH, CHUIS TROP VIEUX POUR CES CONNERIES.
ET PIS MOI, J'AI MON ÉPAULE QUI SE DÉBOÎTE TOUT LE TEMPS.
C'EST PAS BON POUR SE BATTRE, ÇA.
EN ATTENDANT, LES INSTRUCTIONS SONT CLAIRES : CEUX QUI SONT DEDANS NE DOIVENT PAS SORTIR...
... ET CEUX QUI SONT DEHORS NE DOIVENT PAS ENTRER.
PUIS-JE AVOIR VOTRE ATTENTION, NOBLE OFFICIER DU GUET ?
JE N'AI PAS VRAIMENT UN STATUT D'OFFICIER, MAIS BON... JE VOUS ÉCOUTE, CHARMANTE DEMOISELLE.
ALORS, SUIVEZ MON RAISONNEMENT...
... JE FAIS TROIS PAS PAR ICI...
JE SUIS DONC MAINTENANT À L'INTÉRIEUR DE LA ZONE, D'ACCORD ?
VOTRE DEVOIR EST DONC DE M'INTERDIRE D'EN SORTIR.
TOUT À FAIT EXACT, MADEMOISELLE.

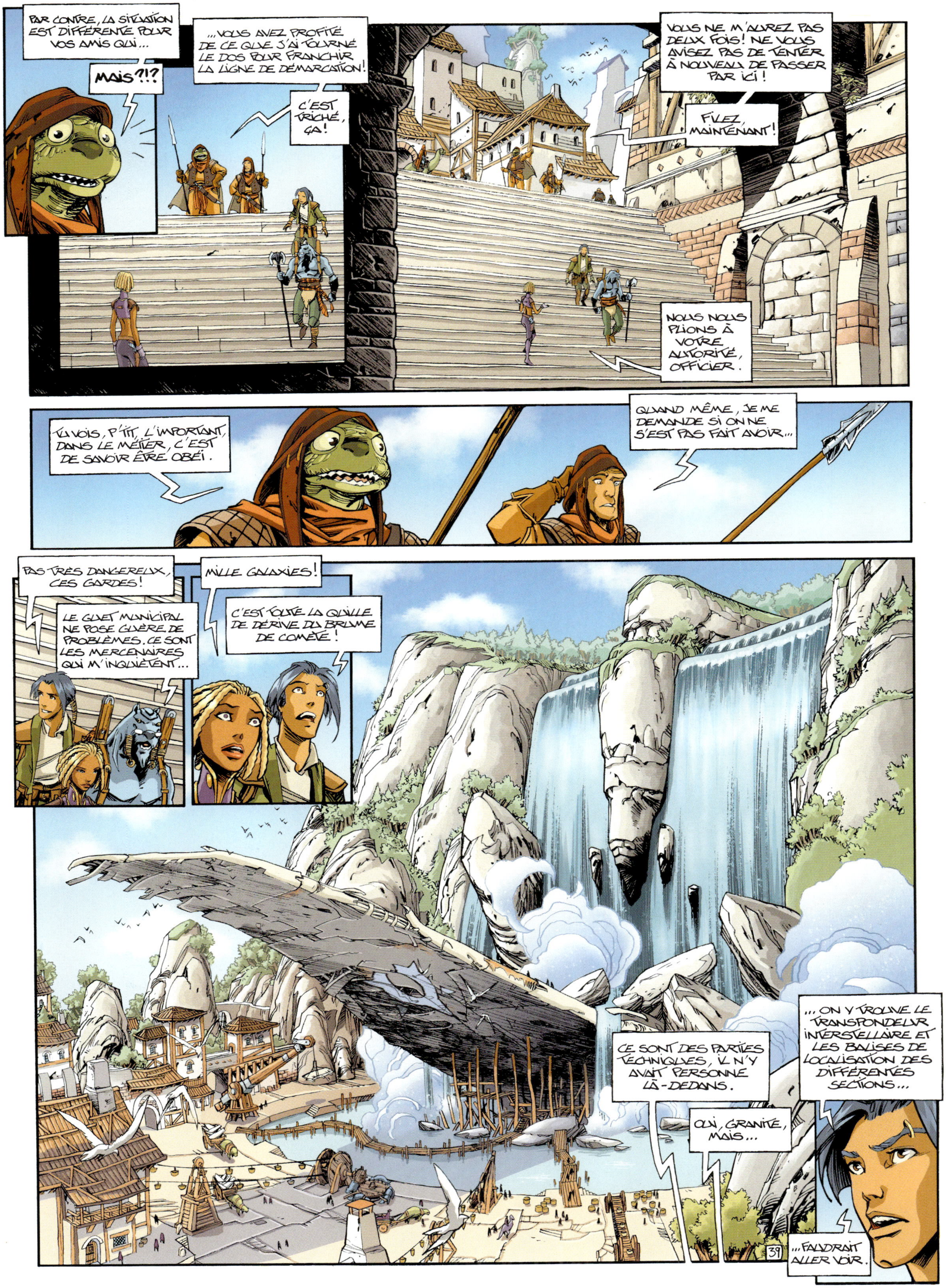
PAR CONTRE, LA SITUATION EST DIFFÉRENTE POUR VOS AMIS QUI...
MAIS ?!?
...VOUS AVEZ PROFITÉ DE CE QUE J'AI TOURNÉ LE DOS POUR FRANCHIR LA LIGNE DE DÉMARCATION !
C'EST TRICHÉ, ÇA !
VOUS NE M'AUREZ PAS DEUX FOIS ! NE VOUS AVISEZ PAS DE TENTER À NOUVEAU DE PASSER PAR ICI !
FILEZ, MAINTENANT !
NOUS NOUS PLIONS À VOTRE AUTORITÉ, OFFICIER.
TU VOIS, P'TIT, L'IMPORTANT, DANS LE MÉTIER, C'EST DE SAVOIR ÊTRE OBÉI.
QUAND MÊME, JE ME DEMANDE SI ON NE S'EST PAS FAIT AVOIR...
PAS TRÈS DANGEREUX, CES GARDES !
LE GUET MUNICIPAL NE POSE GUÈRE DE PROBLÈMES. CE SONT LES MERCENAIRES QUI M'INQUIÈTENT...
MILLE GALAXIES !
C'EST TOUTE LA QUILLE DE DÉRIVE DU BRUME DE COMÈTE !
CE SONT DES PARTIES TECHNIQUES, IL N'Y AVAIT PERSONNE LÀ-DEDANS.
OUI, GRANITE, MAIS...
...ON Y TROUVE LE TRANSPONDEUR INTERSTELLAIRE ET LES BALISES DE LOCALISATION DES DIFFÉRENTES SECTIONS...
...FAUDRAIT ALLER VOIR.

AU MÊME INSTANT...
UN FENG, DEUX HUMAINES ET UN HUMAIN ! TU LES AS VUS ?
ILS SONT PASSÉS PAR LA PREMIÈRE PLATE-FORME DU MATIN, SIRE DHOKAS.
ALORS, FOUETTE TES BÊTES, JE DOIS TRAVERSER D'URGENCE !
SPO !
YARHH !
ON LES TIENT !
HODDIAAA ! ALLEZ ! PLUS VITE !
COMMENT ON LES RETROUVE, DHOKAS ?
UN FENG VA TOUJOURS LÀ OÙ IL Y A D'AUTRES FENGS.
DIVINE OPHYDE, NOS HOMMES ONT FOUILLÉ TOUTE LA VILLE. C'EST CERTAIN : AUCUN ÊTRE VIVANT NE S'EST ÉCHAPPÉ DE CETTE CARCASSE.
ALORS, ILS SONT ENCORE DEDANS !
MAÎTRE FORGERON ! QUAND VOS ÉQUIPES PARVIENDRONT-ELLES À OUVRIR CETTE GROSSE BOÎTE ?
NOUS Y TRAVAILLONS AUSSI FORT QUE POSSIBLE, DIVINE OPHYDE ! MAIS CE MÉTAL EST PLUS RÉSISTANT QUE TOUT CE QUE NOUS CONNAISSONS...
CONCENTREZ VOS FORCES EN UN POINT ET PRATIQUEZ UNE BRÈCHE !
MAIS DIVINE OPHYDE, NOUS AVONS DÉJÀ TOUT TENTÉ ET...
KLACK !
CE QUE JE N'AIME PAS AVEC VOUS, FORGERON, C'EST QUE VOUS ÊTES DÉFAITISTE.
GHHHHHH...
AAARG
40

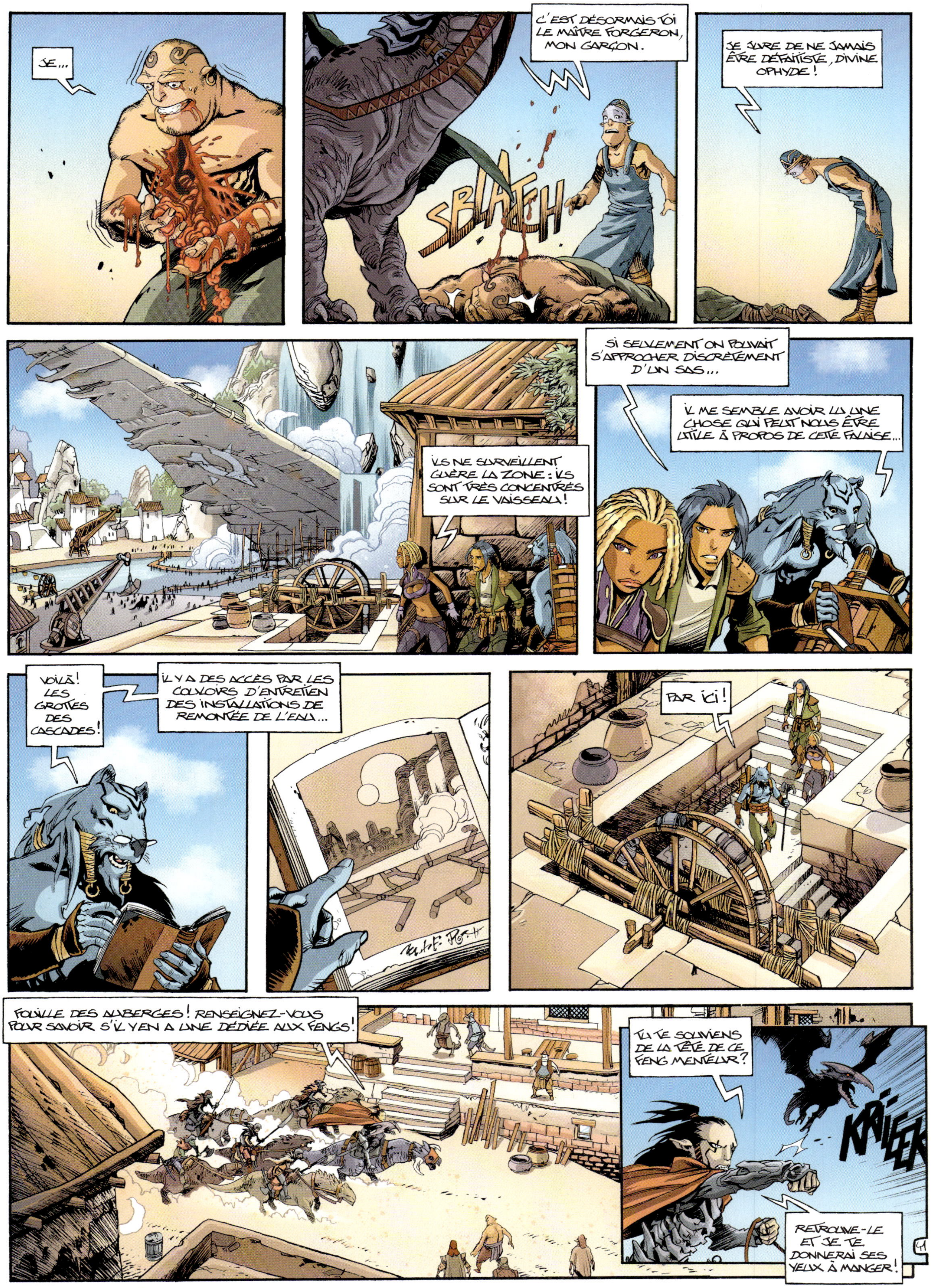
JE...
C'EST DÉSORMAIS TOI LE MAÎTRE FORGERON, MON GARÇON.
SBLATCH
JE JURE DE NE JAMAIS ÊTRE DÉFAITISTE, DIVINE OPHYDE !
ILS NE SURVEILLENT GUÈRE LA ZONE : ILS SONT TRÈS CONCENTRÉS SUR LE VAISSEAU !
SI SEULEMENT ON POUVAIT S'APPROCHER DISCRÈTEMENT D'UN SAS...
IL ME SEMBLE AVOIR LU UNE CHOSE QUI PEUT NOUS ÊTRE UTILE À PROPOS DE CETTE FALAISE...
VOILÀ ! LES GROTTES DES CASCADES !
IL Y A DES ACCÈS PAR LES COULOIRS D'ENTRETIEN DES INSTALLATIONS DE REMONTÉE DE L'EAU...
PAR ICI !
FOUILLEZ DES AUBERGES ! RENSEIGNEZ-VOUS POUR SAVOIR S'IL Y EN A UNE DÉDIÉE AUX FENGS !
TU TE SOUVIENS DE LA TÊTE DE CE FENG MENTEUR ?
KRÏEEK
RETROUVE-LE ET JE TE DONNERAI SES YEUX À MANGER !

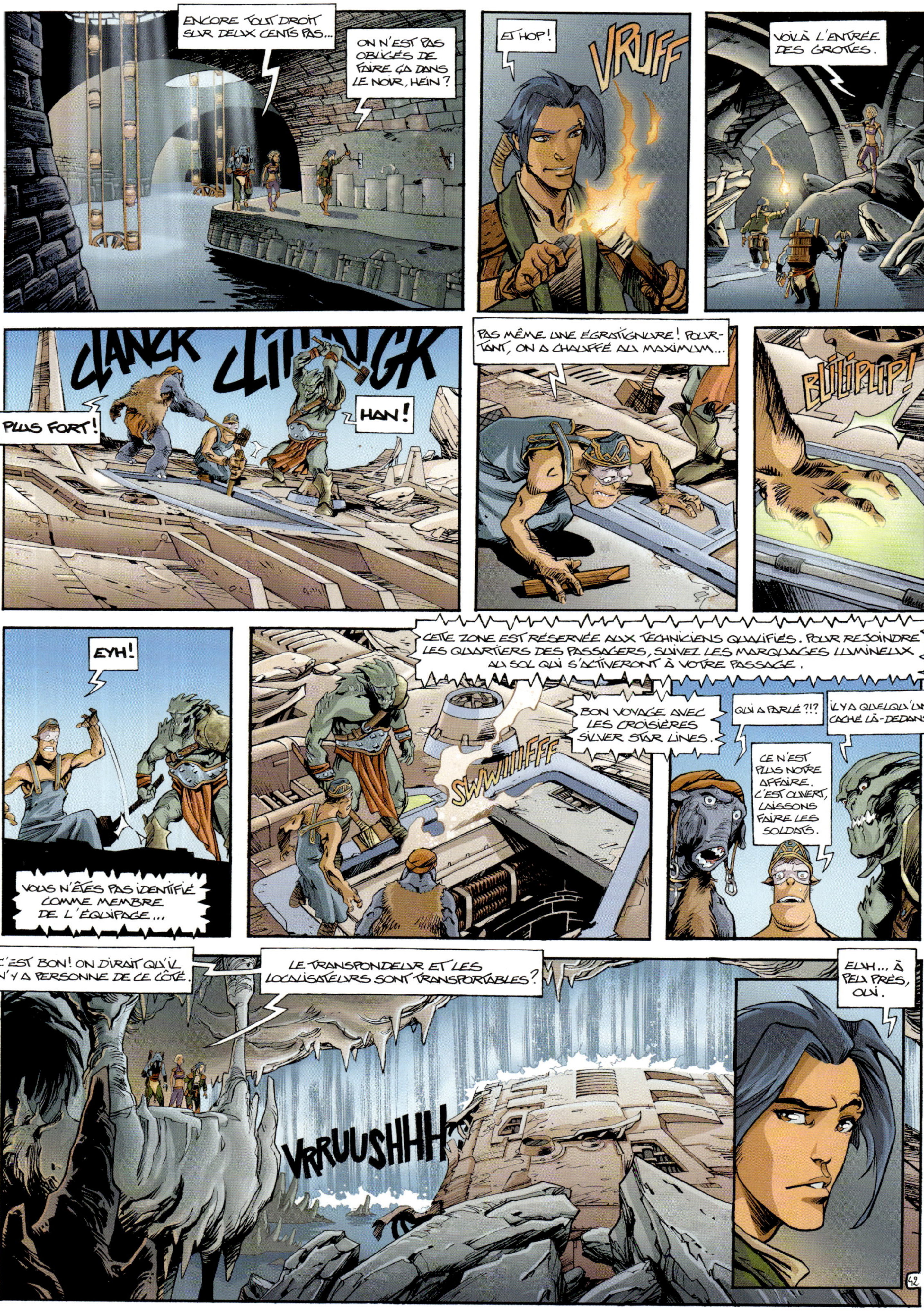
ENCORE TOUT DROIT SUR DEUX CENTS PAS...
ON N'EST PAS OBLIGÉS DE FAIRE ÇA DANS LE NOIR, HEIN ?
ET HOP !
VRUFF
VOILÀ L'ENTRÉE DES GROTTES.
PLUS FORT !
HAN !
PAS MÊME UNE ÉGRATIGNURE ! POURTANT, ON A CHAUFFÉ AU MAXIMUM...
BULIPLIP !
EYH !
VOUS N'ÊTES PAS IDENTIFIÉ COMME MEMBRE DE L'ÉQUIPAGE...
CETTE ZONE EST RÉSERVÉE AUX TECHNICIENS QUALIFIÉS. POUR REJOINDRE LES QUARTIERS DES PASSAGERS, SUIVEZ LES MARQUAGES LUMINEUX AU SOL QUI S'ACTIVERONT À VOTRE PASSAGE.
BON VOYAGE AVEC LES CROISIÈRES SILVER STAR LINES.
SWWIIIFFF
QUI A PARLÉ ?!?
IL Y A QUELQU'UN CACHÉ LÀ-DEDANS !
CE N'EST PLUS NOTRE AFFAIRE. C'EST OUVERT, LAISSONS FAIRE LES SOLDATS.
C'EST BON ! ON DIRAIT QU'IL N'Y A PERSONNE DE CE CÔTÉ.
LE TRANSPONDEUR ET LES LOCALISATEURS SONT TRANSPORTABLES ?
VRRUUSHHH
EUH... À PEU PRÈS, OUI.
42

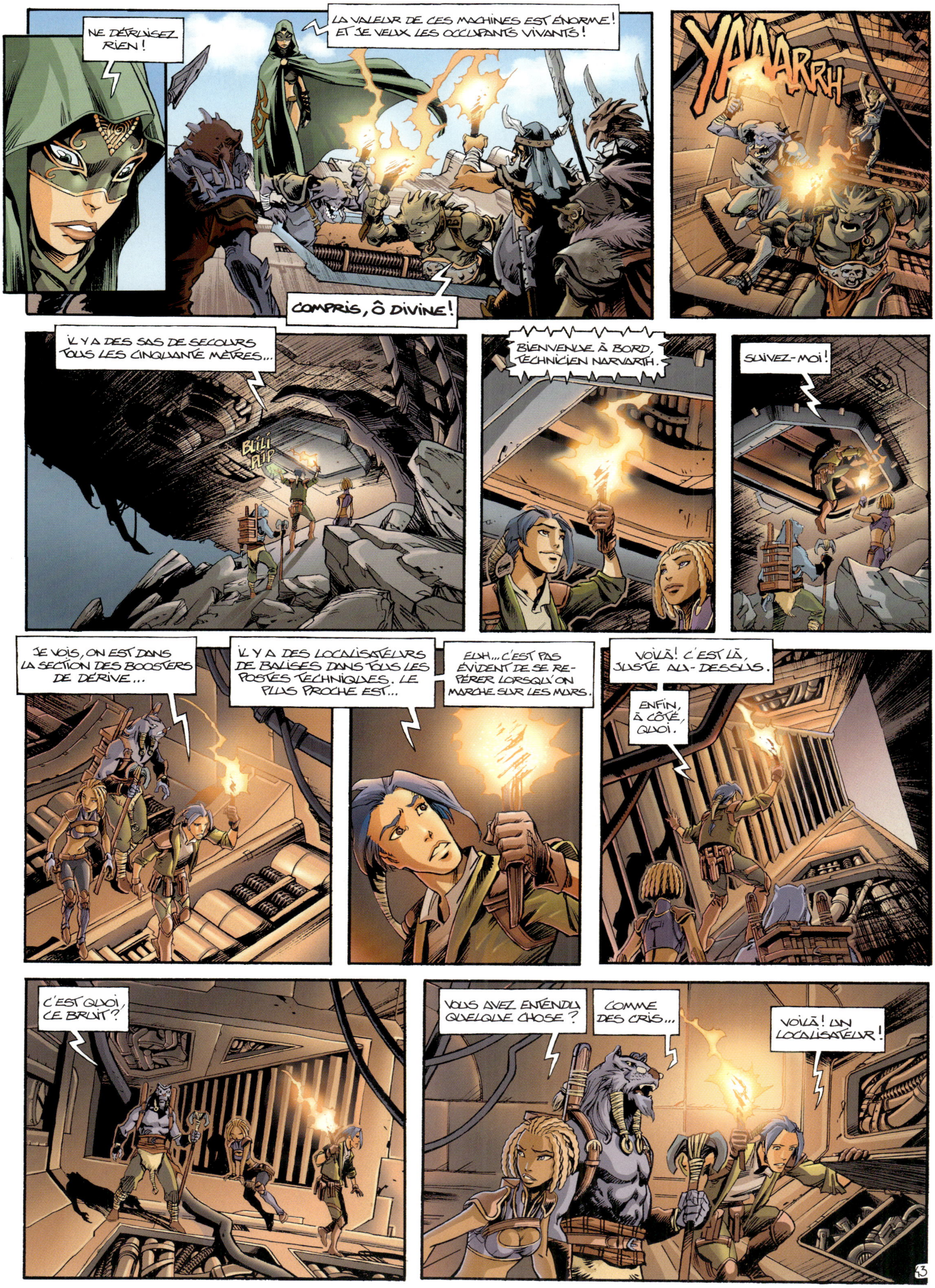
NE DÉTRUISEZ RIEN !
LA VALEUR DE CES MACHINES EST ÉNORME ! ET JE VEUX LES OCCUPANTS VIVANTS !
COMPRIS, Ô DIVINE !
YAAARRH
IL Y A DES SAS DE SECOURS TOUS LES CINQUANTE MÈTRES...
BLILI PLIP
BIENVENUE À BORD, TECHNICIEN NARVARTH.
SUIVEZ-MOI !
JE VOIS, ON EST DANS LA SECTION DES BOOSTERS DE DÉRIVE...
IL Y A DES LOCALISATEURS DE BALISES DANS TOUS LES POSTES TECHNIQUES. LE PLUS PROCHE EST...
EUH... C'EST PAS ÉVIDENT DE SE REPÉRER LORSQU'ON MARCHE SUR LES MURS.
VOILÀ ! C'EST LÀ, JUSTE AU-DESSUS.
ENFIN, À CÔTÉ, QUOI.
C'EST QUOI, CE BRUIT ?
VOUS AVEZ ENTENDU QUELQUE CHOSE ?
COMME DES CRIS...
VOILÀ ! UN LOCALISATEUR !
43

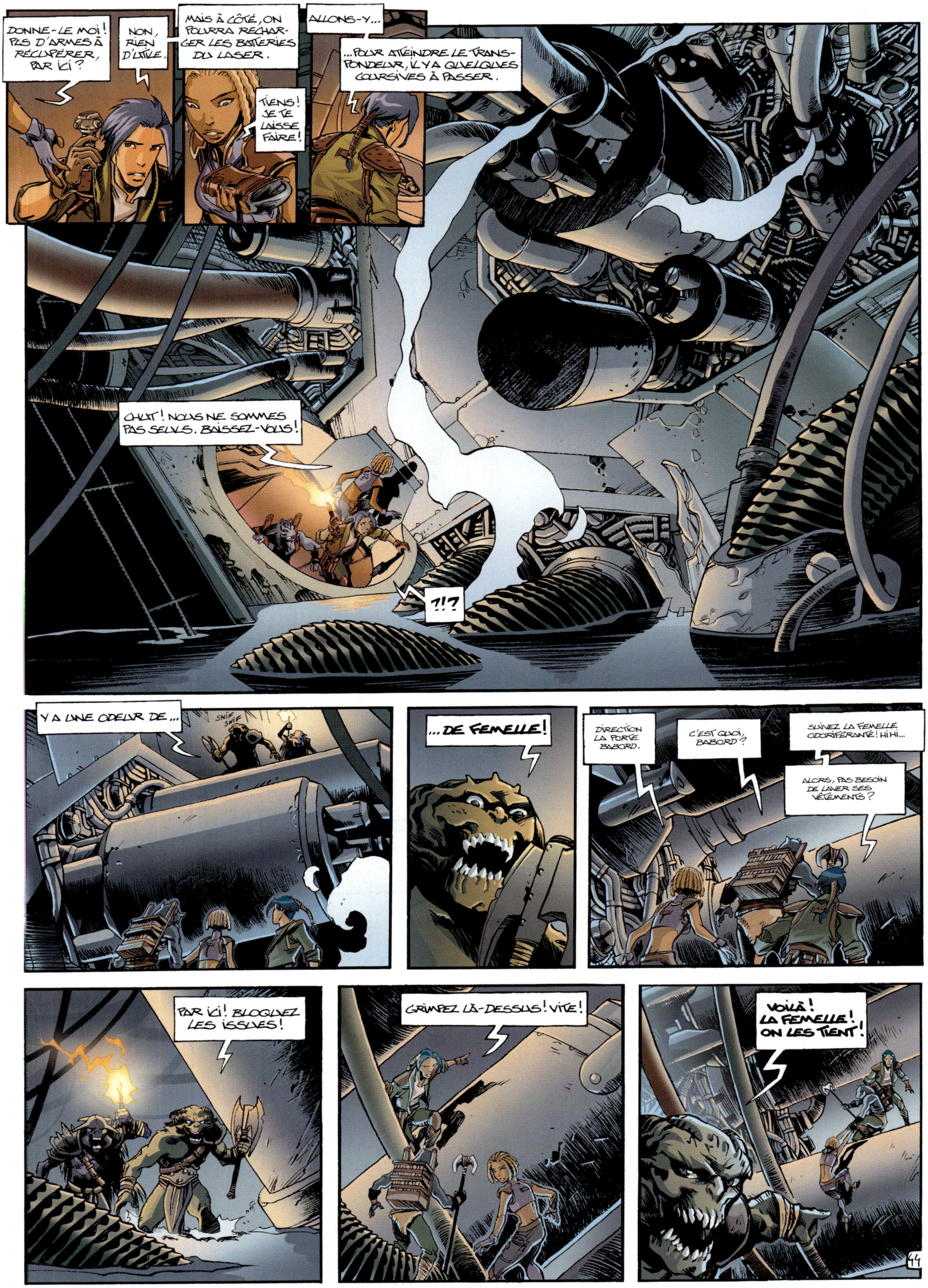
DONNE-LE MOI ! PAS D'ARMES À RÉCUPÉRER, PAR ICI ?
NON, RIEN D'UTILE.
MAIS À CÔTÉ, ON POURRA RECHARGER LES BATTERIES DU LASER.
TIENS ! JE TE LAISSE FAIRE !
ALLONS-Y...
...POUR ATTEINDRE LE TRANSPONDEUR, IL Y A QUELQUES COURSIVES À PASSER.
CHUT ! NOUS NE SOMMES PAS SEULS. BAISSEZ-VOUS !
?!?
Y A UNE ODEUR DE...
SNIF SNIF
...DE FEMELLE !
DIRECTION LA PORTE BABORD.
C'EST QUOI, BABORD ?
SUIVEZ LA FEMELLE ODORIFÉRANTE ! HI HI...
ALORS, PAS BESOIN DE LAVER SES VÊTEMENTS ?
PAR ICI ! BLOQUEZ LES ISSUES !
GRIMPEZ LÀ-DESSUS ! VITE !
VOILÀ ! LA FEMELLE ! ON LES TIENT !
44

MERDE, C'EST PAS AUX NORMES, ÇA ! IL ME FAUT DU 18, OU DU 20, PEUT-ÊTRE...
ALLEZ ! ON SE DÉCOINCE ! GNNNNNFFF !
EYH !
VLINGZZZ
NARVARTH ! PLUS VIIIIIIIITE !
ELLES ME DISENT TOUTES ÇA !
VOILÀ ! ON Y EST !
VLARICH !
C'EST PAS LE MOMENT D'AVOIR LES PIEDS SUR TERRE !
SCRITCHSHH
SCREWEESH
45

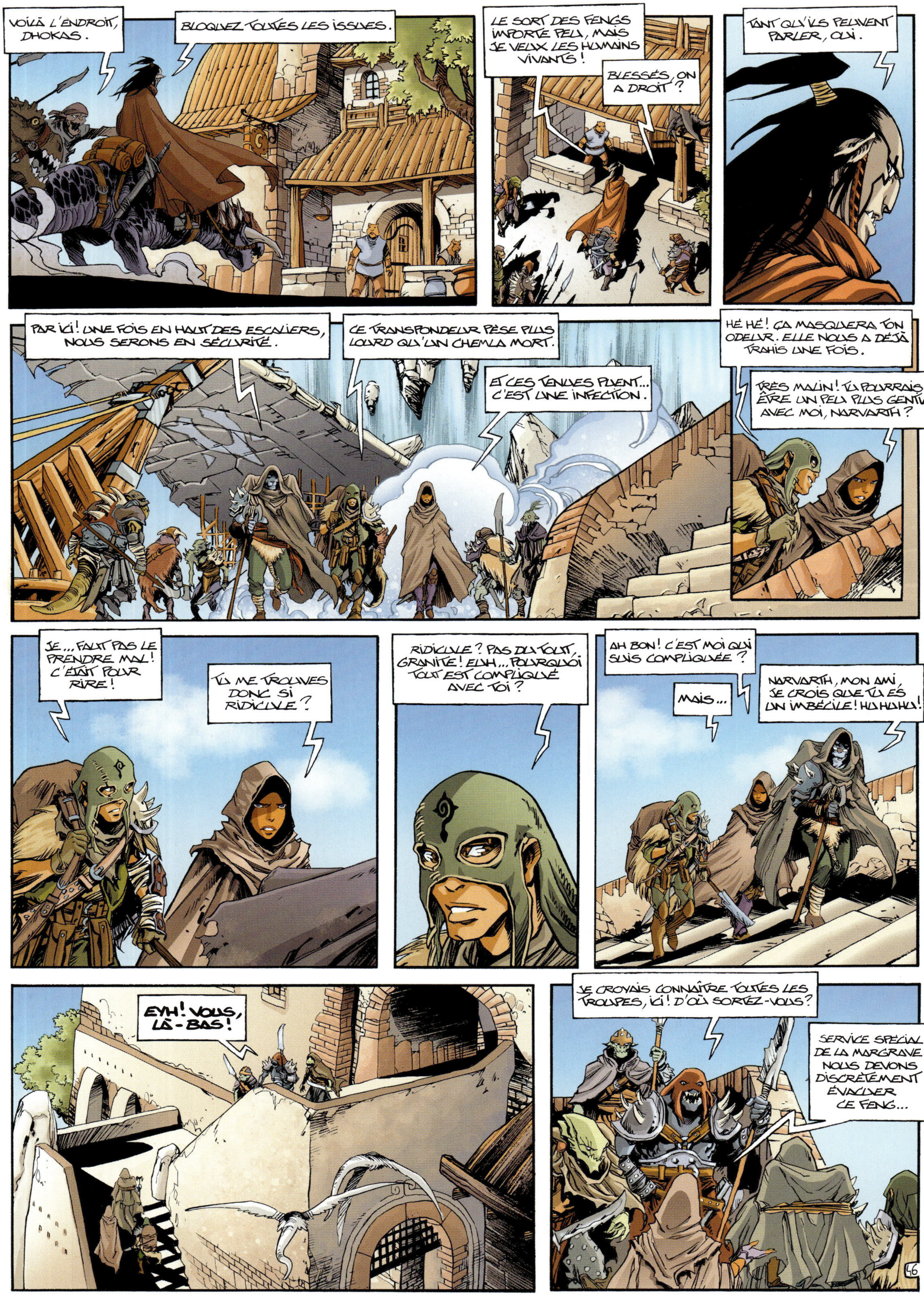
VOILÀ L'ENDROIT, DHOKAS.
BLOQUEZ TOUTES LES ISSUES.
LE SORT DES FENGS IMPORTE PEU, MAIS JE VEUX LES HUMAINS VIVANTS !
BLESSÉS, ON A DROIT ?
TANT QU'ILS PEUVENT PARLER, OUI.
PAR ICI ! UNE FOIS EN HAUT DES ESCALIERS, NOUS SERONS EN SÉCURITÉ.
CE TRANSPONDEUR PÈSE PLUS LOURD QU'UN CHEMLA MORT.
ET CES TENUES PUENT... C'EST UNE INFECTION.
HÉ HÉ ! ÇA MASQUERA TON ODEUR. ELLE NOUS A DÉJÀ TRAHIS UNE FOIS.
TRÈS MALIN ! TU POURRAIS ÊTRE UN PEU PLUS GENTIL AVEC MOI, NARVARTH ?
JE... FAUT PAS LE PRENDRE MAL ! C'ÉTAIT POUR RIRE !
TU ME TROUVES DONC SI RIDICULE ?
RIDICULE ? PAS DU TOUT, GRANITE ! EUH... POURQUOI TOUT EST COMPLIQUÉ AVEC TOI ?
AH BON ! C'EST MOI QUI SUIS COMPLIQUÉE ?
MAIS...
NARVARTH, MON AMI, JE CROIS QUE TU ES UN IMBÉCILE ! HU HU HU !
EYH ! VOUS, LÀ-BAS !
JE CROYAIS CONNAÎTRE TOUTES LES TROUPES, ICI ! D'OÙ SORTEZ-VOUS ?
SERVICE SPÉCIAL DE LA MARGRAVE. NOUS DEVONS DISCRÈTEMENT ÉVACUER CE FENG...
46

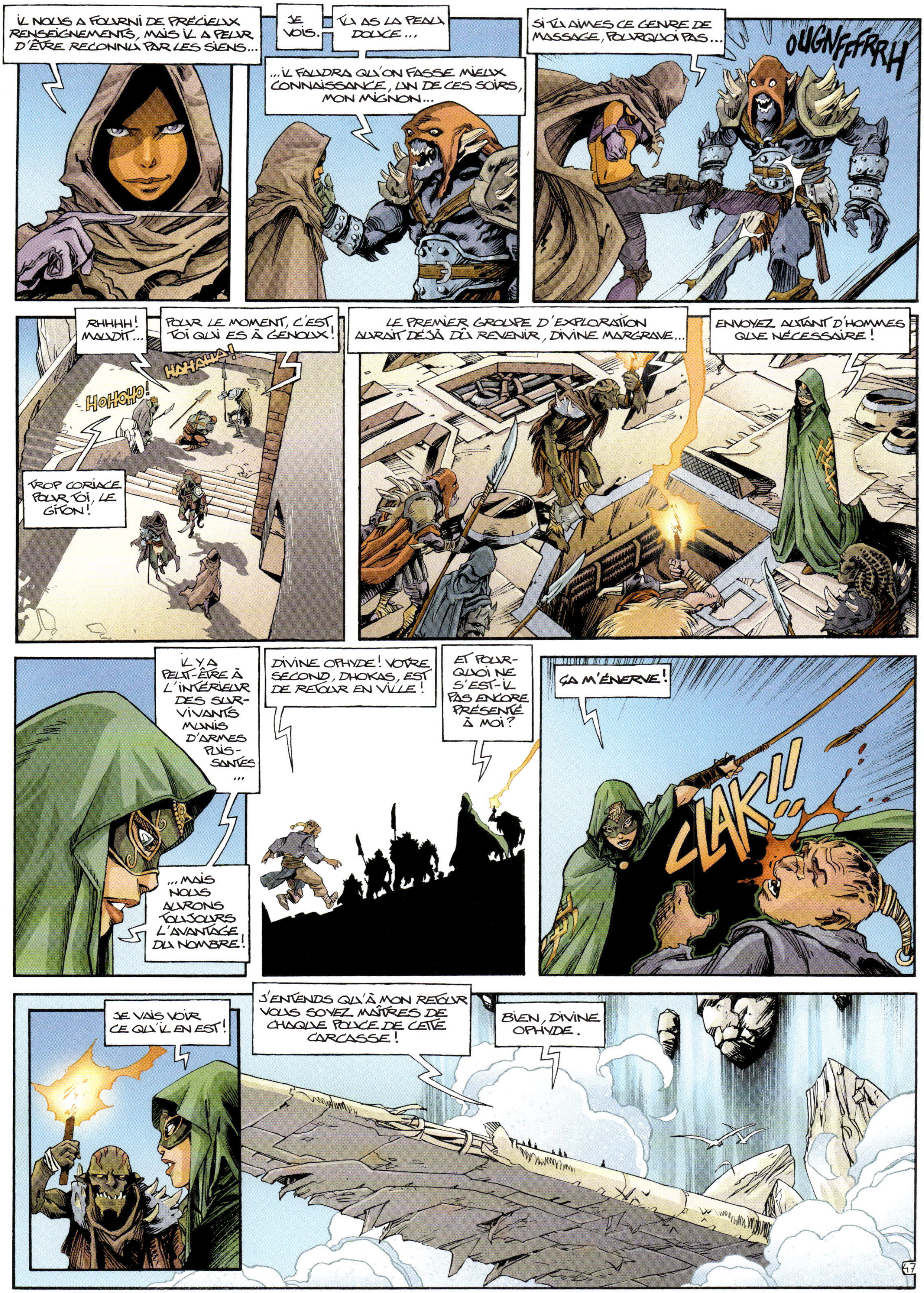
IL NOUS A FOURNI DE PRÉCIEUX RENSEIGNEMENTS, MAIS IL A PEUR D'ÊTRE RECONNU PAR LES SIENS...
JE VOIS.
TU AS LA PEAU DOUCE...
...IL FAUDRA QU'ON FASSE MIEUX CONNAISSANCE, UN DE CES SOIRS, MON MIGNON...
SI TU AIMES CE GENRE DE MASSAGE, POURQUOI PAS...
OUGNFFFRRH
RHHHH! MAUDIT...
POUR LE MOMENT, C'EST TOI QUI ES À GENOUX!
HAHAHA!
HOHOHO!
TROP CORIACE POUR TOI, LE GITON!
LE PREMIER GROUPE D'EXPLORATION AURAIT DÉJÀ DÛ REVENIR, DIVINE MARGRAVE...
ENVOYEZ AUTANT D'HOMMES QUE NÉCESSAIRE!
IL Y A PEUT-ÊTRE À L'INTÉRIEUR DES SURVIVANTS MUNIS D'ARMES PUISSANTES...
...MAIS NOUS AURONS TOUJOURS L'AVANTAGE DU NOMBRE!
DIVINE OPHYDE! VOTRE SECOND, DHOKAS, EST DE RETOUR EN VILLE!
ET POURQUOI NE S'EST-IL PAS ENCORE PRÉSENTÉ À MOI?
ÇA M'ÉNERVE!
CLAK!!
JE VAIS VOIR CE QU'IL EN EST!
J'ENTENDS QU'À MON RETOUR VOUS SOYEZ MAÎTRES DE CHAQUE POUCE DE CETTE CARCASSE!
BIEN, DIVINE OPHYDE.
47

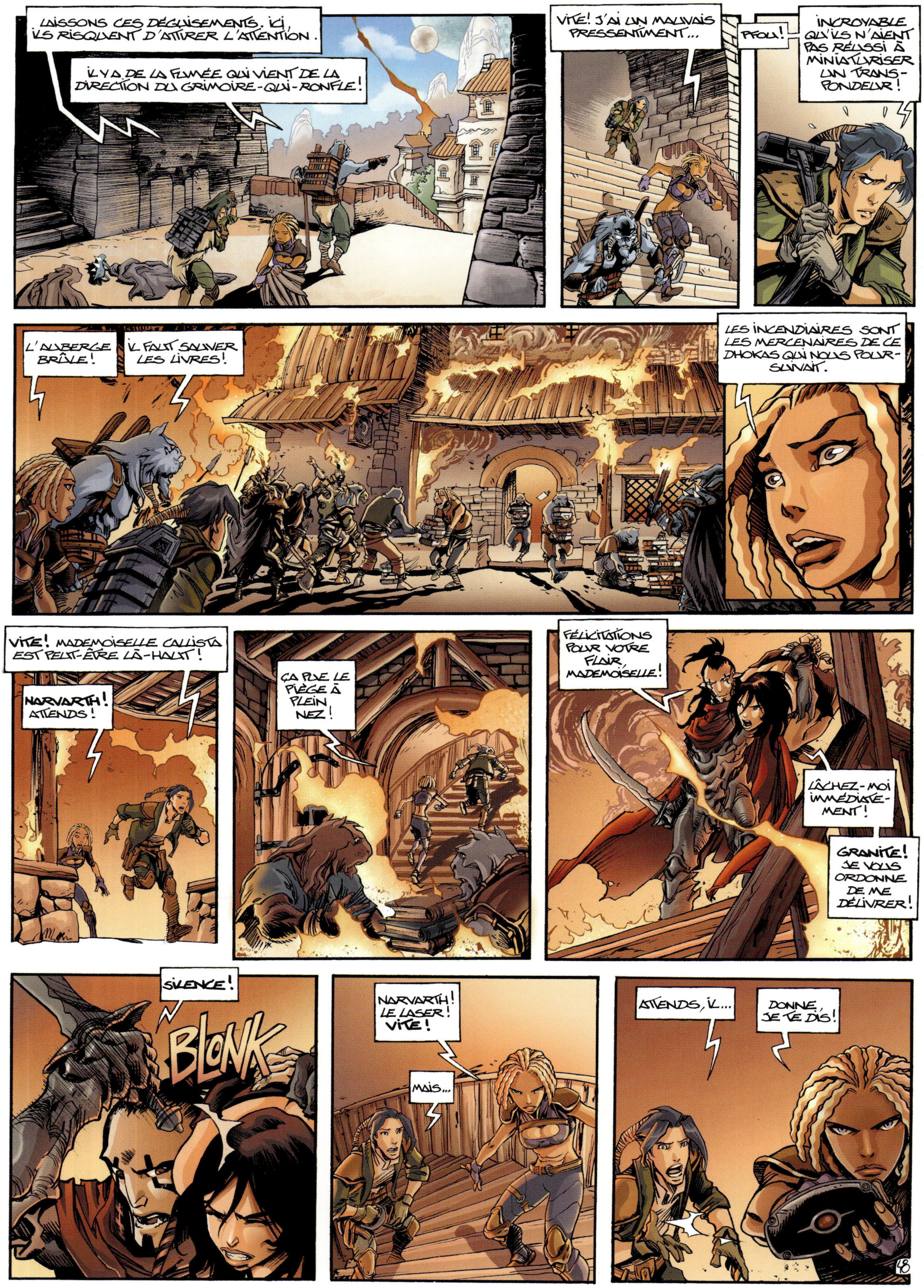
LAISSONS CES DÉGUISEMENTS. ICI, ILS RISQUENT D'ATTIRER L'ATTENTION.
IL Y A DE LA FUMÉE QUI VIENT DE LA DIRECTION DU GRIMOIRE-QUI-RONFLE !
VITE ! J'AI UN MAUVAIS PRESSENTIMENT...
PFOU !
INCROYABLE QU'ILS N'AIENT PAS RÉUSSI À MINIATURISER UN TRANSPONDEUR !
L'AUBERGE BRÛLE !
IL FAUT SAUVER LES LIVRES !
LES INCENDIAIRES SONT LES MERCENAIRES DE CE DHOKAS QUI NOUS POURSUIVAIT.
VITE ! MADEMOISELLE CALLISTA EST PEUT-ÊTRE LÀ-HAUT !
NARVARTH ! ATTENDS !
ÇA PUE LE PIÈGE À PLEIN NEZ !
FÉLICITATIONS POUR VOTRE FLAIR, MADEMOISELLE !
LÂCHEZ-MOI IMMÉDIATEMENT !
GRANITE ! JE VOUS ORDONNE DE ME DÉLIVRER !
SILENCE !
BLONK
NARVARTH ! LE LASER ! VITE !
MAIS...
ATTENDS, IL...
DONNE, JE TE DIS !
48

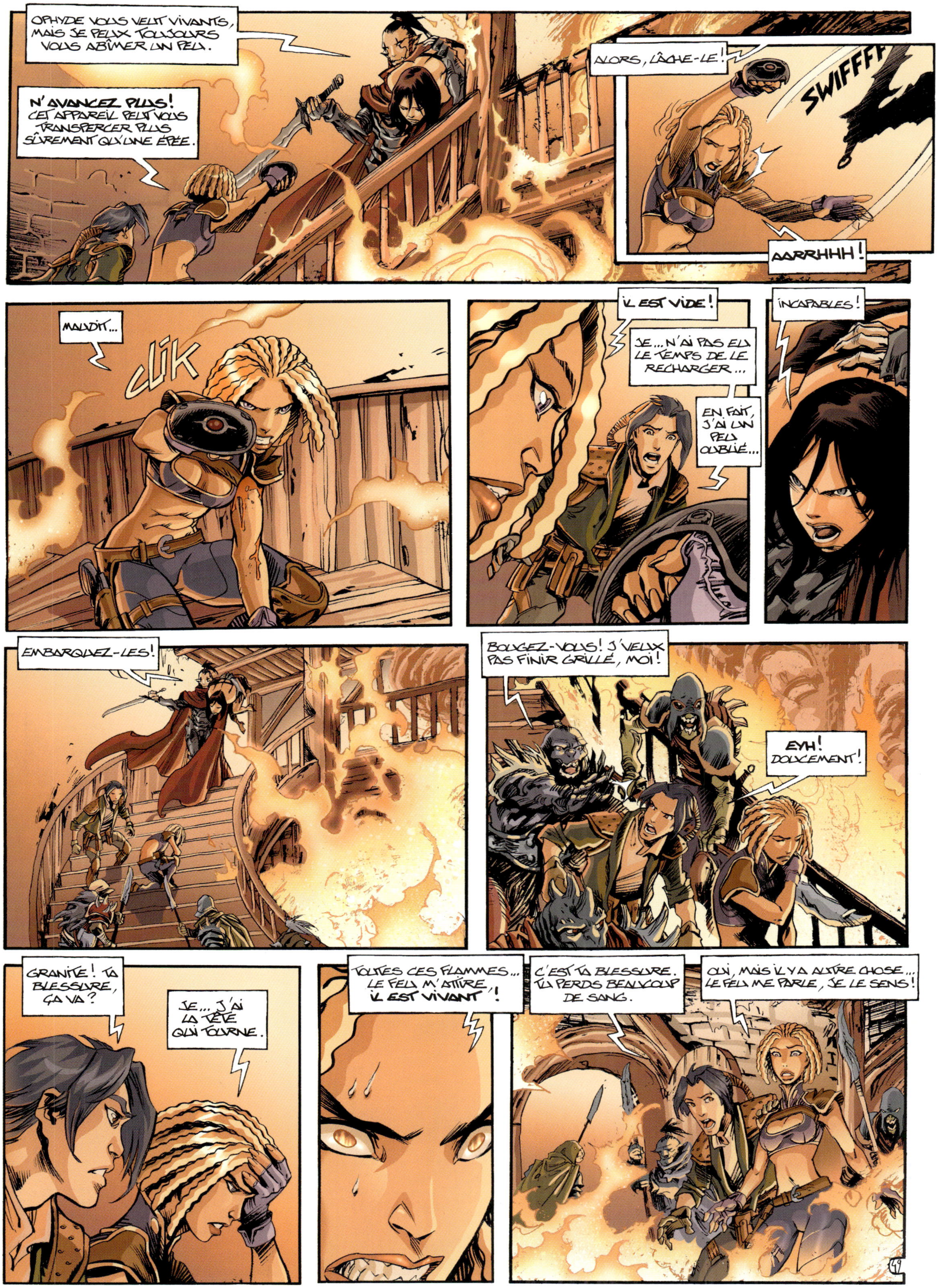
OPHYDE VOUS VEUT VIVANTS, MAIS JE PEUX TOUJOURS VOUS ABÎMER UN PEU.
N'AVANCEZ PLUS! CET APPAREIL PEUT VOUS TRANSPERCER PLUS SÛREMENT QU'UNE ÉPÉE.
ALORS, LÂCHE-LE!
SWIFFFF
AARRHHH!
MAUDIT...
CLIK
IL EST VIDE!
JE... N'AI PAS EU LE TEMPS DE LE RECHARGER...
EN FAIT, J'AI UN PEU OUBLIÉ...
INCAPABLES!
EMBARQUEZ-LES!
BOUGEZ-VOUS! J'VEUX PAS FINIR GRILLÉ, MOI!
EYH! DOUCEMENT!
GRANITE! TA BLESSURE, ÇA VA?
JE... J'AI LA TÊTE QUI TOURNE.
TOUTES CES FLAMMES... LE FEU M'ATTIRE, IL EST VIVANT!
C'EST TA BLESSURE. TU PERDS BEAUCOUP DE SANG.
OUI, MAIS IL Y A AUTRE CHOSE... LE FEU ME PARLE, JE LE SENS!

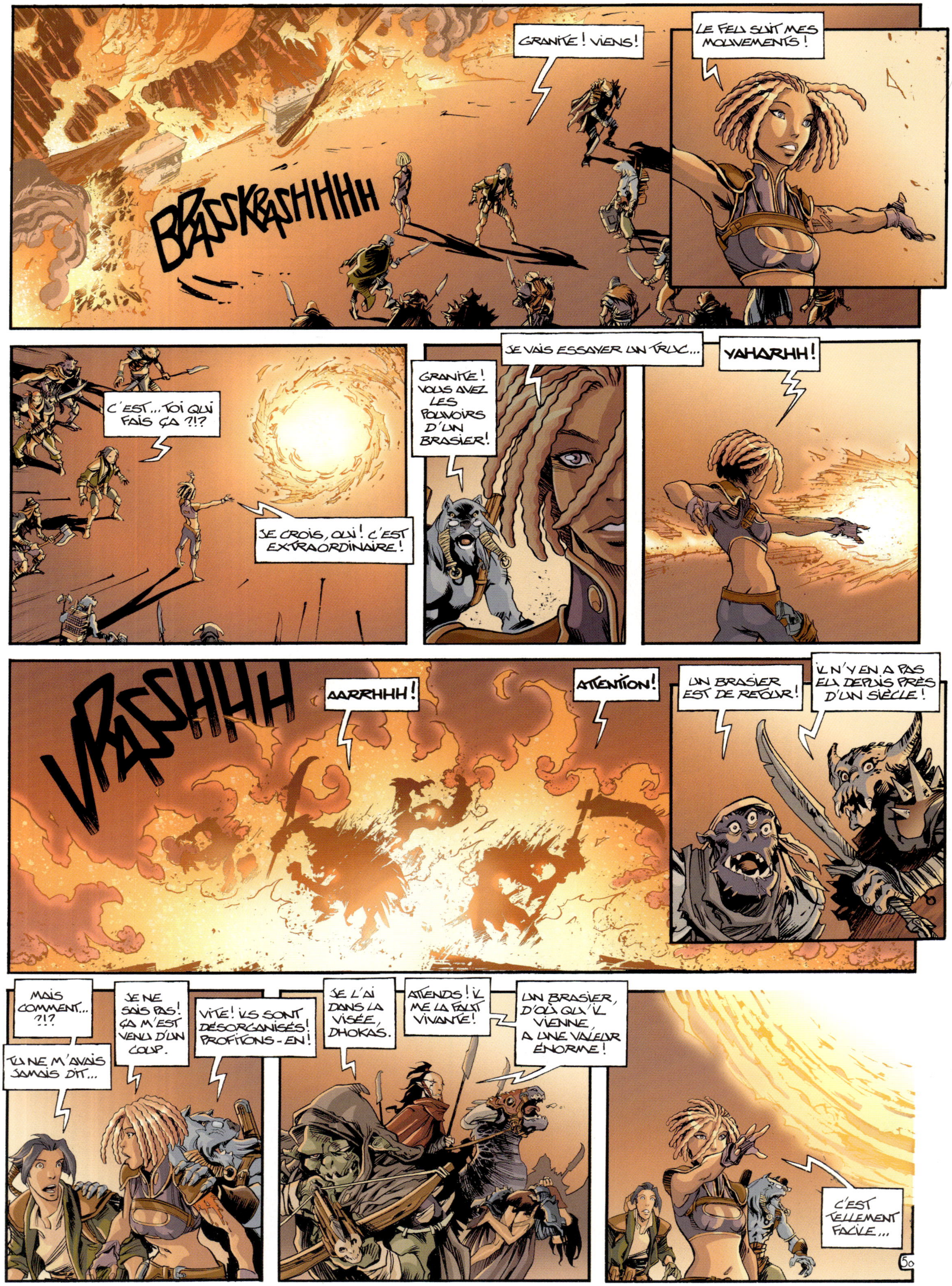
BRAACKRASHHHH
GRANITE ! VIENS !
LE FEU SUIT MES MOUVEMENTS !
C'EST... TOI QUI FAIS ÇA ?!?
JE CROIS, OUI ! C'EST EXTRAORDINAIRE !
JE VAIS ESSAYER UN TRUC...
GRANITE ! VOUS AVEZ LES POUVOIRS D'UN BRASIER !
YAHARHH !
VRASHHH
AARRHHH !
ATTENTION !
UN BRASIER EST DE RETOUR !
IL N'Y EN A PAS EU DEPUIS PRÈS D'UN SIÈCLE !
MAIS COMMENT... ?!?
TU NE M'AVAIS JAMAIS DIT...
JE NE SAIS PAS ! ÇA M'EST VENU D'UN COUP.
VITE ! ILS SONT DÉSORGANISÉS ! PROFITONS-EN !
JE L'AI DANS LA VISÉE, DHOKAS.
ATTENDS ! IL ME LA FAUT VIVANTE !
UN BRASIER, D'OÙ QU'IL VIENNE, A UNE VALEUR ÉNORME !
C'EST TELLEMENT FACILE...
50

VISE LES JAMBES POUR L'IMMOBILISER.
DÈS QUE L'ANGLE EST BON.
LAISSEZ-NOUS PASSER !
ET CALLISTA ? IL FAUT LA DÉLIVRER !
LES HOMMES DE DHOKAS L'ONT EMMENÉE POUR LA LIVRER À OPHYDE.
NOUS NE POUVONS RIEN POUR ELLE, MAINTENANT.
MAIS ILS VONT LA TUER !
JE NE PENSE PAS. ILS ONT BESOIN D'INFORMATIONS SUR VOTRE TECHNOLOGIE, PAS DE CADAVRES.
MAINTENANT !
TWINNGG
AHHH !?!
GRANITE ! TU ES TOUCHÉE ?!?
GOGUE !
VROOSH
AARRRHHHH !
FAITES LE TOUR PAR EN BAS. ILS NE PEUVENT PAS ALLER LOIN.
TOI, VIENS AVEC MOI.

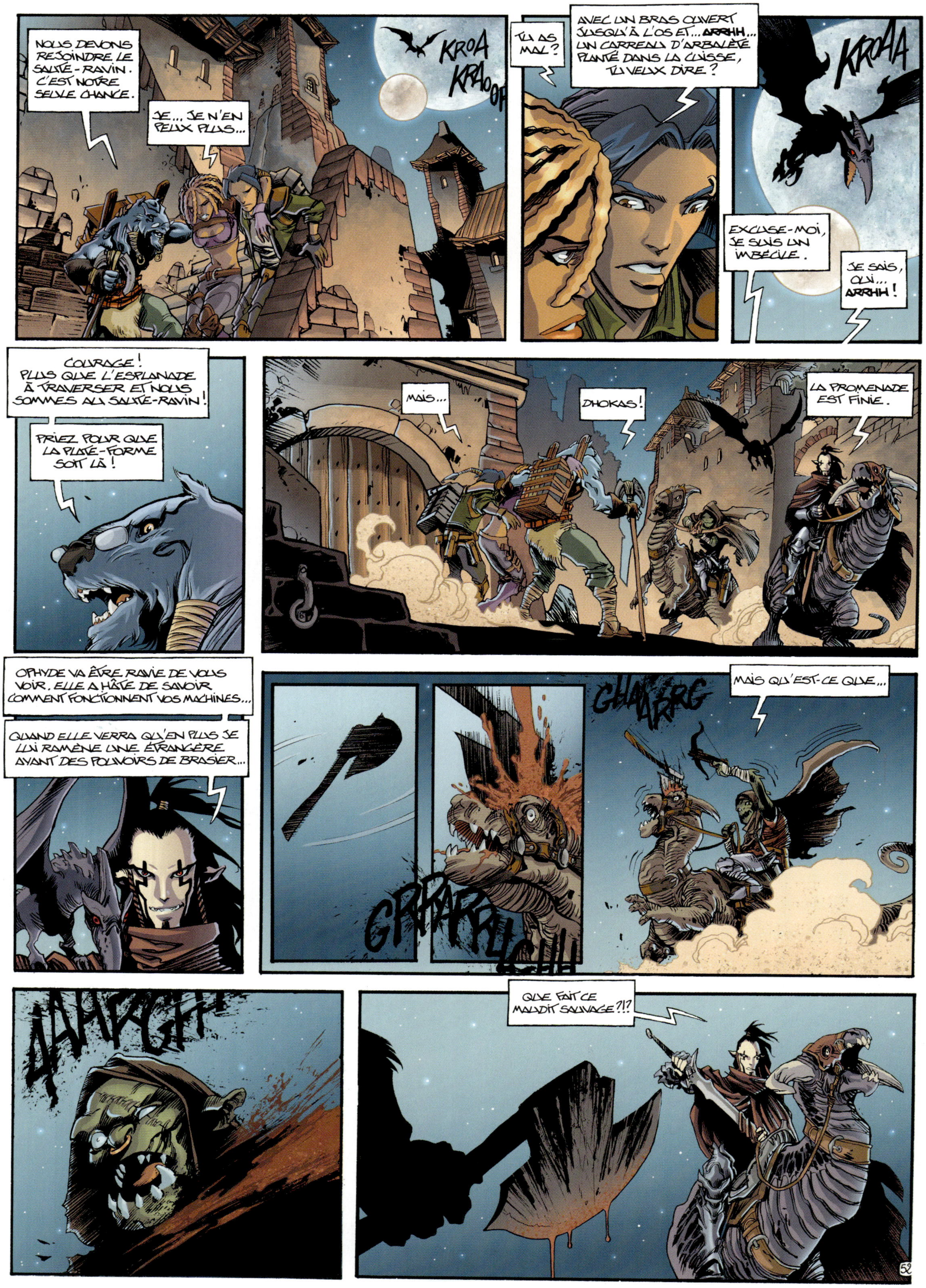
NOUS DEVONS REJOINDRE LE SAUTE-RAVIN. C'EST NOTRE SEULE CHANCE.
JE... JE N'EN PEUX PLUS...
KROA KRAOOP
TU AS MAL ?
AVEC UN BRAS OUVERT JUSQU'À L'OS ET... ARRHH... UN CARREAU D'ARBALÈTE PLANTÉ DANS LA CUISSE, TU VEUX DIRE ?
KROAA
EXCUSE-MOI, JE SUIS UN IMBÉCILE.
JE SAIS, OUI... ARRHH !
COURAGE ! PLUS QUE L'ESPLANADE À TRAVERSER ET NOUS SOMMES AU SAUTE-RAVIN !
PRIEZ POUR QUE LA PLATE-FORME SOIT LÀ !
MAIS...
DHOKAS !
LA PROMENADE EST FINIE.
OPHYDE VA ÊTRE RAVIE DE VOUS VOIR. ELLE A HÂTE DE SAVOIR COMMENT FONCTIONNENT VOS MACHINES...
QUAND ELLE VERRA QU'EN PLUS JE LUI RAMÈNE UNE ÉTRANGÈRE AYANT DES POUVOIRS DE BRASIER...
GRRARRLCHH
GHAARG
MAIS QU'EST-CE QUE...
AAHRGH
QUE FAIT CE MAUDIT SAUVAGE ?!?
52

DÉFENDS TE BATTRE, FALOPARD !
EYYHH !
TCHAK
HUURRKHAA
LE BANFOO !
KRURGOR !
VE T'AI DIT DE DESCENDRE !
HUURGHH
FOUTRAR...
ARRHHH ! MA SAMBE ! SE SUIS COINCÉ !
NE PERDONS PAS DE TEMPS !
CONTENT DE TE REVOIR, KRURGOR !
QUAND LES AFFREUX FONT ARRIVÉS AU VILLAVE, V'AI COMPRIS QUE FOUS COURIEZ UN GRAND DANVER...
V'AI FAIT AU PLUS VITE POUR FOUS PRÉFENIR...
...IL AURAIT ÉTÉ INVUFTE DE FOUS LAIFFER AFFRONTER FEULS LES MERFENAIRES DE DHOKAF.
ATTRAPEZ-LES ! JE LES VEUX VIVANTS !
LE SAUTE-RAVIN EST EN HAUT ! LA CHANCE EST AVEC NOUS !
RESTE À L'ATTEINDRE AVANT EUX !
JE N'EN PEUX PLUS... JE VOUS RETARDE.
LAISSEZ-MOI.
53

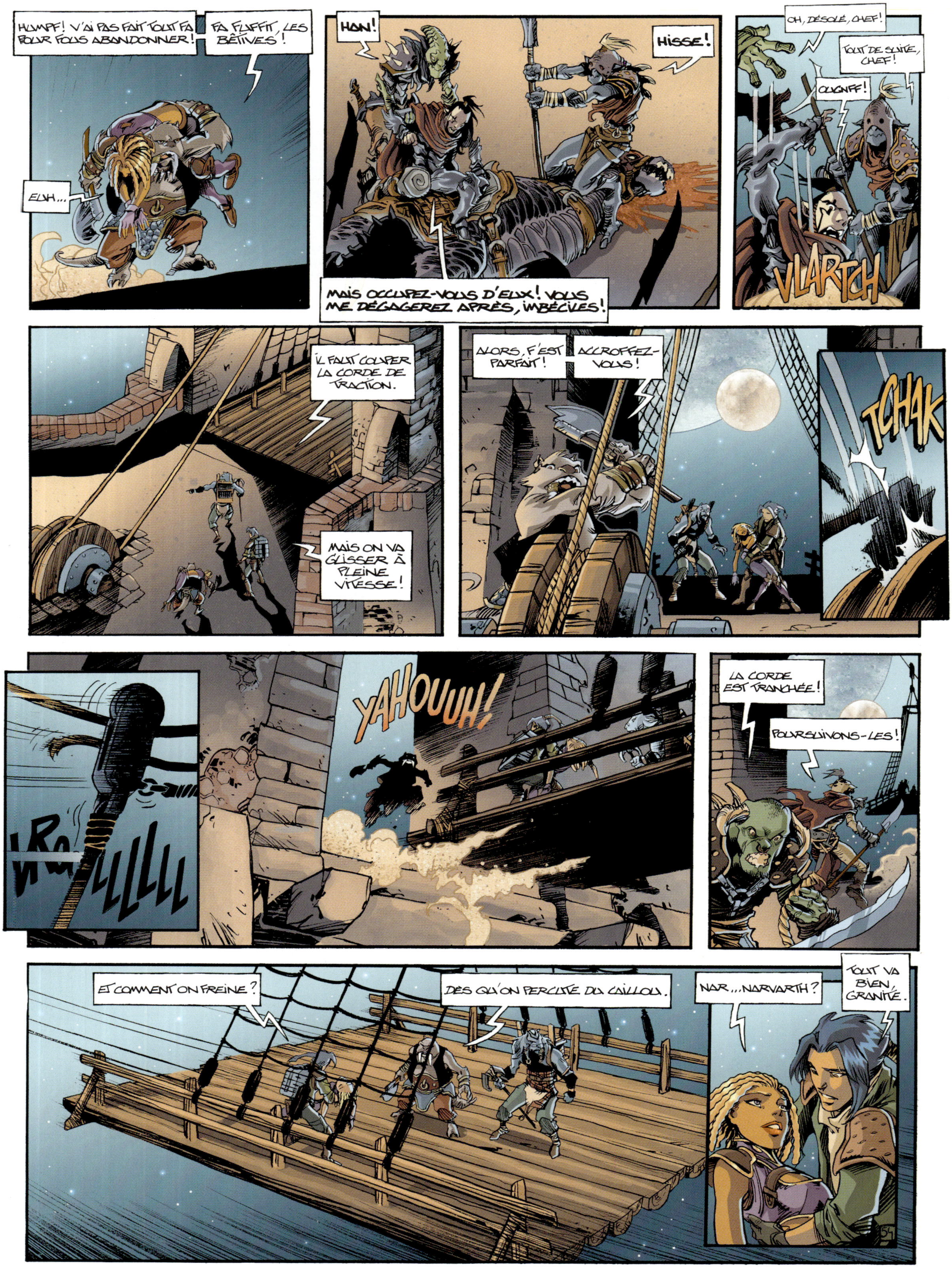
HUMPF! V'AI PAS FAIT TOUT FA POUR FOUS ABANDONNER!
FA FUFFIT, LES BÊTIVES!
EUH...
HON!
HISSE!
MAIS OCCUPEZ-VOUS D'EUX! VOUS ME DÉGAGEREZ APRÈS, IMBÉCILES!
OH, DÉSOLÉ, CHEF!
TOUT DE SUITE, CHEF!
OUGNFF!
VLARTCH
IL FAUT COUPER LA CORDE DE TRACTION.
MAIS ON VA GLISSER À PLEINE VITESSE!
ALORS, F'EST PARFAIT!
ACCROFFEZ-VOUS!
TCHAK
VROLLLLLL
YAHOUUUH!
LA CORDE EST TRANCHÉE!
POURSUIVONS-LES!
ET COMMENT ON FREINE?
DÈS QU'ON PERCUTE DU CAILLOU.
NAR... NARVARTH?
TOUT VA BIEN, GRANITÉ.

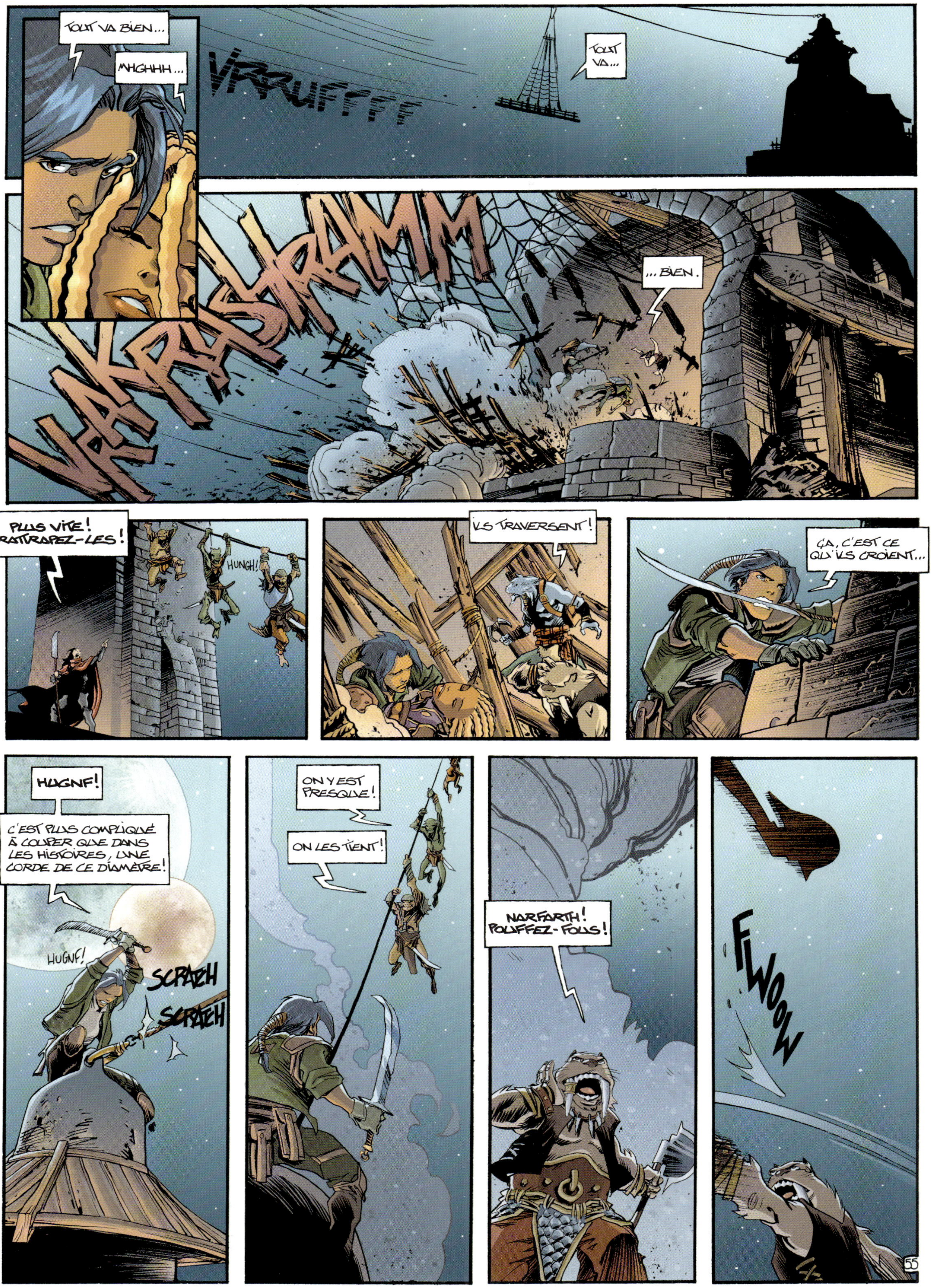
TOUT VA BIEN...
MHGHHH...
VRRUFFFFFF
TOUT VA...
VAKRASHRAMM
... BIEN.
PLUS VITE ! RATTRAPEZ-LES !
HUNGH !
ILS TRAVERSENT !
ÇA, C'EST CE QU'ILS CROIENT...
HUGNF !
C'EST PLUS COMPLIQUÉ À COUPER QUE DANS LES HISTOIRES, UNE CORDE DE CE DIAMÈTRE !
HUGNF !
SCRATCH
SCRATCH
ON Y EST PRESQUE !
ON LES TIENT !
NARFARTH ! POUFFEZ-FOUS !
FLWOOW
55

TRANCH
NOOOON!
Fi, Fi.
AAARRRHHHH!
POURQUOI TOUT A L'AIR FACILE QUAND C'EST LES AUTRES QUI LE FONT ?
ON SE RETROUVERA!
IL FAUT ENLEVER CETTE FLÈCHE.
JE SUPPOSE QUE ... ARRH!... VOUS NE CONNAISSEZ PAS LES ANESTHÉSIQUES ?
MAIS BIEN FÛR QUE FI!...
...FOILÀ!
KLONK

MAIS...
LES BANFOOS SONT FOUS.
PEUT-ÊTRE, MAIS FA MARFE !
NOUS SOMMES VRAIMENT EN SÉCURITÉ ?
IL FAUT SEPT À NEUF JOURS POUR CONTOURNER LA FAILLE ET REMONTER ICI.
D'IFI LÀ, NOUS AURONS DIFPARU DANS LA NATURE.
MAIS ON NE PEUT PAS ABANDONNER MADEMOISELLE CALLISTA !
ELLE NE RISQUE RIEN : MORTE, ELLE N'A AUCUNE VALEUR.
LA MARGRAVE OPHYDE A BESOIN DE SES CONNAISSANCES. ELLE VA CERTAINEMENT L'EMMENER À KREAC'H, SA CAPITALE.
COMBIEN POUR LA FARRETTE ?
EUH...
FEZ NOUS, ON PAYE AVEC DES COQUILLAGES.
TENEZ, ROYAL : GARDEZ TOUT.
MAIS...
NARVARTH... OH, MON NARVARTH... TU VAS BIEN ?
OUI, GRANITE. SOIS TRANQUILLE, ON VA S'OCCUPER DE TOI.
NARVARTH... JE VOULAIS TE DIRE...
OUI ?
NON, JE...
LA BALISE TRANSPONDEUR ? LE LOCALISATEUR ? TU AS TOUT ?
LE TRANSPONDEUR MARCHE. J'ENVOIE LE MESSAGE DE DÉTRESSE. DANS QUELQUES HEURES, TOUS LES VAISSEAUX DE CE COIN DE LA GALAXIE SAURONT OÙ NOUS SOMMES...
...ILS VONT NOUS SORTIR DE LÀ TRÈS VITE.
57

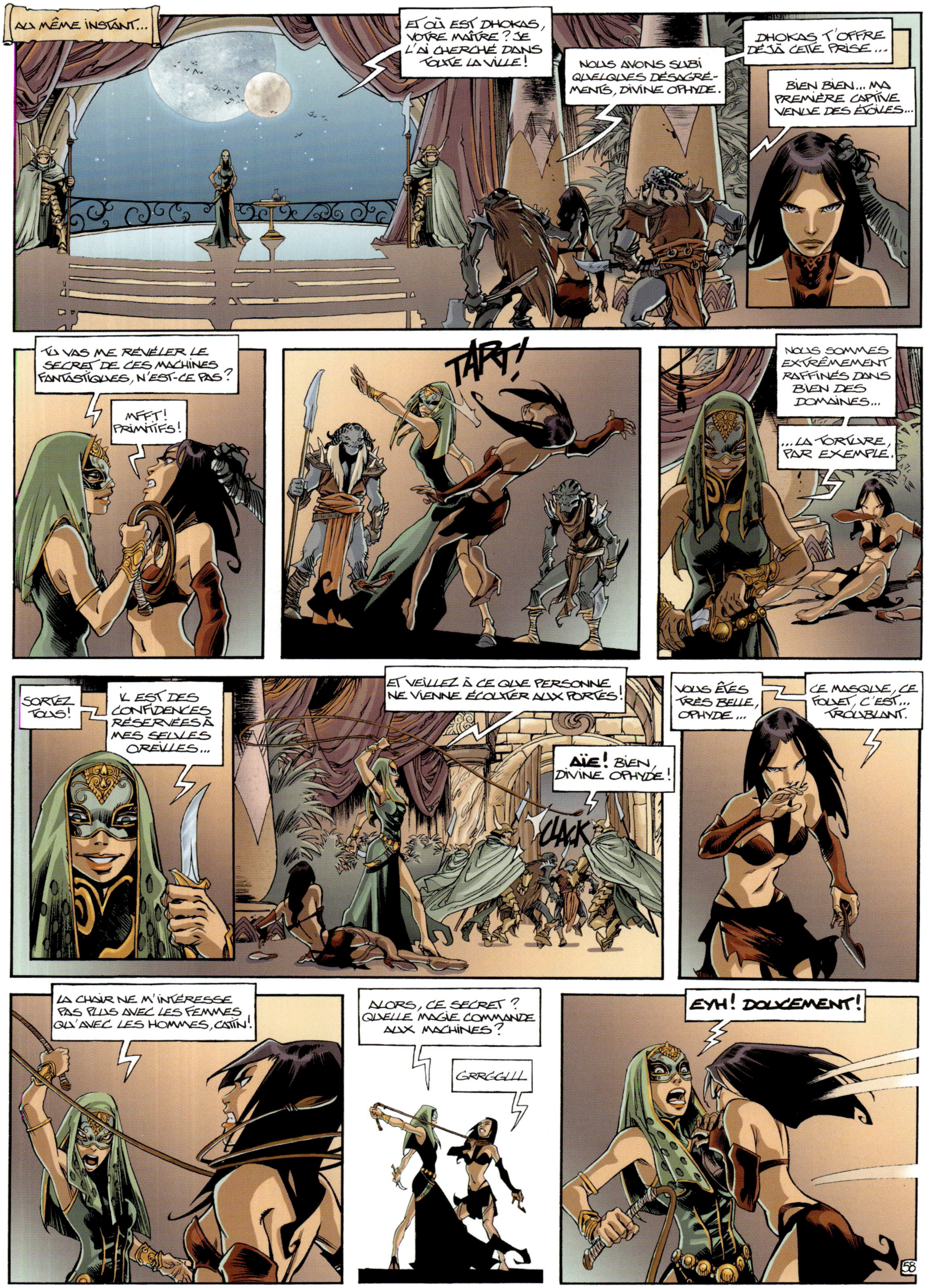
AU MÊME INSTANT...
ET OÙ EST DHOKAS, VOTRE MAÎTRE ? JE L'AI CHERCHÉ DANS TOUTE LA VILLE !
NOUS AVONS SUBI QUELQUES DÉSAGRÉMENTS, DIVINE OPHYDE.
DHOKAS T'OFFRE DÉJÀ CETTE PRISE...
BIEN BIEN... MA PREMIÈRE CAPTIVE VENUE DES ÉTOILES...
TU VAS ME RÉVÉLER LE SECRET DE CES MACHINES FANTASTIQUES, N'EST-CE PAS ?
MFFT ! PRIMITIFS !
TART !
NOUS SOMMES EXTRÊMEMENT RAFFINÉS DANS BIEN DES DOMAINES...
...LA TORTURE, PAR EXEMPLE.
SORTEZ TOUS !
IL EST DES CONFIDENCES RÉSERVÉES À MES SEULES OREILLES...
ET VEILLEZ À CE QUE PERSONNE NE VIENNE ÉCOUTER AUX PORTES !
AÏE ! BIEN, DIVINE OPHYDE !
CLACK
VOUS ÊTES TRÈS BELLE, OPHYDE...
CE MASQUE, CE FOUET, C'EST... TROUBLANT.
LA CHAIR NE M'INTÉRESSE PAS PLUS AVEC LES FEMMES QU'AVEC LES HOMMES, CATIN !
ALORS, CE SECRET ? QUELLE MAGIE COMMANDE AUX MACHINES ?
GRRGGLL
EYH ! DOUCEMENT !
58

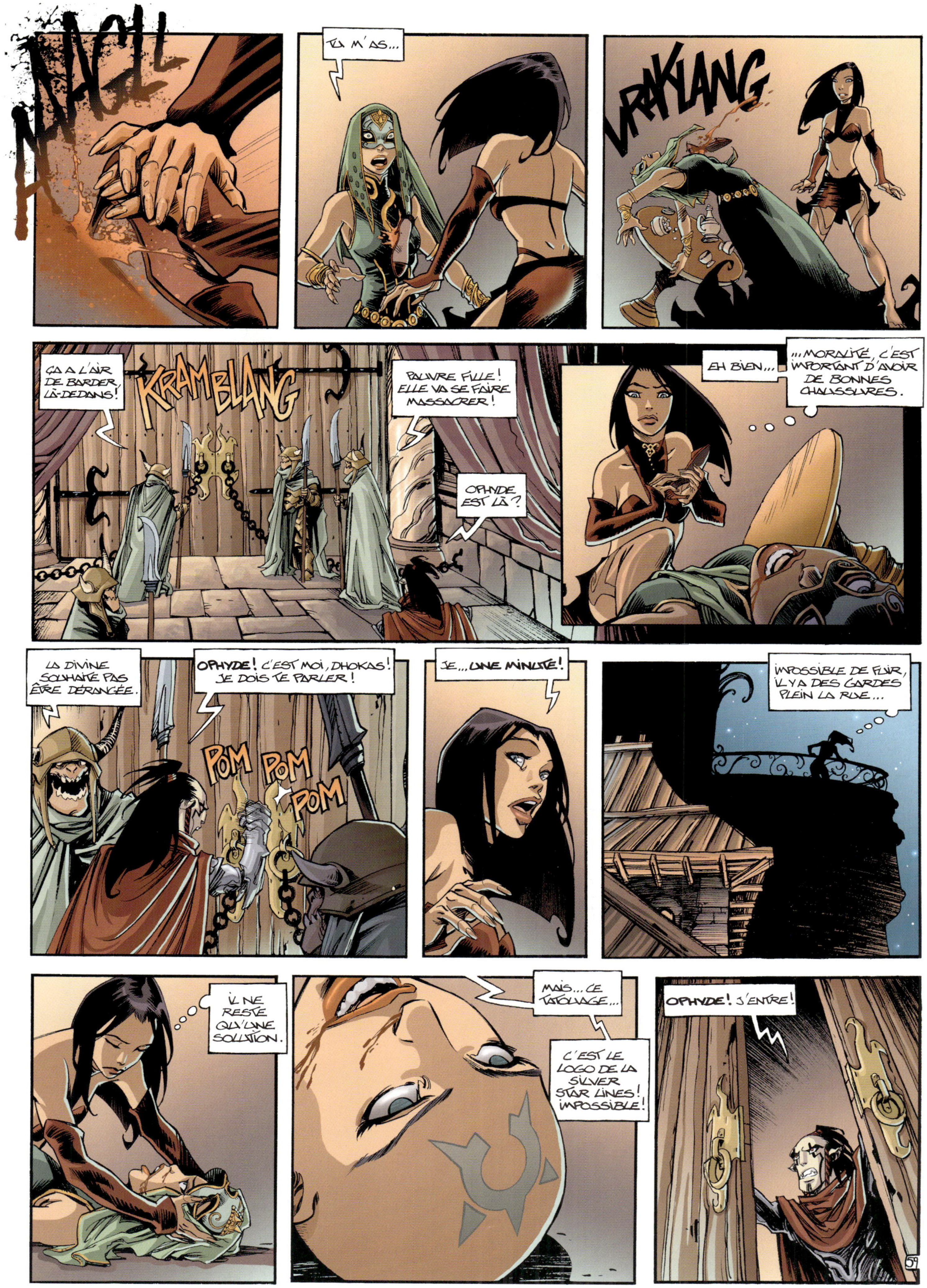
AAAGLL
TU M'AS...
VRAKLANG
ÇA A L'AIR DE BARDER LÀ-DEDANS!
KRAMBLANG
PAUVRE FILLE! ELLE VA SE FAIRE MASSACRER!
OPHYDE EST LÀ?
EH BIEN...
...MORALITÉ, C'EST IMPORTANT D'AVOIR DE BONNES CHAUSSURES.
LA DIVINE SOUHAITE PAS ÊTRE DÉRANGÉE.
OPHYDE! C'EST MOI, DHOKAS! JE DOIS TE PARLER!
POM POM POM
JE... UNE MINUTE!
IMPOSSIBLE DE FUIR, IL Y A DES GARDES PLEIN LA RUE...
IL NE RESTE QU'UNE SOLUTION.
MAIS... CE TATOUAGE...
C'EST LE LOGO DE LA SILVER STAR LINES! IMPOSSIBLE!
OPHYDE! J'ENTRE!

TU OSES PÉNÉTRER ICI SANS MON ACCORD, DHOKAS?
KLAK!
EYH!
PARDONNE-MOI, OPHYDE, MAIS LES AUTRES ÉTRANGERS ONT FUI. JE PENSAIS QUE TON POUVOIR DE ZÉPHYR SUR LES AIRS POURRAIT NOUS AIDER À TRAVERSER LA FAILLE...
MON POUVOIR DE ZÉPHYR?
C'EST À MOI DE DÉCIDER SI JE DÉSIRE L'UTILISER.
INUTILE DE POURSUIVRE LES RECHERCHES, J'AI APPRIS DE CELLE-CI TOUT CE QUE JE DÉSIRAIS SAVOIR.
JETEZ-LA DANS LE RAVIN.
ET LAISSEZ-MOI SEULE, MAINTENANT.
BIEN, DIVINE OPHYDE.
APRÈS TOUT...
FIN
PROCHAIN ÉPISODE :
OPHYDE LA GÉMINÉE
SCÉNARIO : ARLESTON
DESSIN : FLOCH
COULEURS : CRAZYTOONS
LETTRAGE : MATHIAS

UNE CHARRETTE ! PLEINE, EN PLUS ! ET AVEC UN CHEVAL !
MAIS MA CHÉRIE...
CRÉTIN !
... C'EST JOLI, LES COQUILLAGES, NON ?

www.crazytoons.net

Soleil Productions
15, boulevard de Strasbourg
83000 Toulon - France

Bureaux parisiens
25, rue Titon - 75011 Paris - France

Conception et réalisation graphique : Didier Gonord
Lettrage : Guy Mathias

Dépôt légal : Juillet 2005 - ISBN : 2 - 84565 - 902 - 4

Fabriqué en France par
Partenaires Book®